八号古墳に消えて

黒川博行

角川文庫
22863

目次

1

タクシーを降りた。

雨、コートを頭上にかざし、ぬかるみを避けて走る。

現場事務所は調査区の北東隅、平野《ひらの》川《がわ》の土手沿いにあった。プレハブの二階建、出入口横の割れたガラス窓をベニヤ板で補修している。

軋《きし》む戸を力まかせに引いた。

「あっ、黒《くろ》さん」

振り向いてそういったのはマメちゃんだった。壁に作業予定表が貼られ、奥に十数台のロッカーが並んでいるだけの殺風景な広い部屋の真中、大きな作業机を挟んで向かい側に沢居《さわい》、池田《いけだ》、鈴木《すずき》が坐《すわ》っている。

「えらいお早いお越しで」

「珍しいやないか、わしより先に来てるやて」

「奉公、奉公。日々怠りなく額に汗して働かんことには飯が食えませんがな」

「そういうの、マメにはいちばん似合わん台詞《せりふ》やな」

私は傍らの椅子を引き寄せ、コートを掛けた。

「ところで黒さん、きのうはどないしたんです。日が暮れて間もないうちから姿くらましたということは、まっすぐ家に帰ったんやないやろし、また宗右衛門町《そうえもんちょう》あたりで脱線して――」

マメちゃんは喋《しゃべ》りだしたらとまらない。

――フルネーム、亀田《かめだ》淳也《じゅんや》。そろそろ三十に手が届こうかという年だが、童顔、色黒で背が低く、ころころしたその体型から、みんなは彼を「マメダ」と呼ぶ。「豆狸《まめだぬき》」と「カメダ」をひっかけたものだ。躁鬱《そううつ》症の鬱だけを母親の胎内に忘れてきたような人物で、金つぼまなこをぐりぐりまわしながら息つく暇なく喋りまくる。性格と体格を見事に一致させた好例ではある。その風貌《ふうぼう》と気やすさが訊《きき》込みや取調べの際、強力な武器となって、若手であるにもかかわらずベテラン捜査員に伍《ご》していける理由となっている。

この愛すべきマメちゃんが私の主たる相棒というわけだ。

「な、マメちゃん」

私はやつの饒舌《じょうぜつ》をさえぎった。「班長、どないした。まだ来てへんのか」

「平《へい》さんといっしょに八《や》尾南《おみなみ》署」

「トリさんは」

「知りません」

「寺山《てらやま》や山上《やまがみ》は」

「まだです。ここにおるのはぼくら五人だけ」

「何じゃい、朝の早《はよ》うから叩《たた》き起こされて、高いタクシー代使《つこ》うて来てみたら、このザマか。どいつもこいつもちっとはまじめに仕事せんかい」

「日頃の自分の働きぶり棚に上げて、ようそこまでいえるな」

あごを突き出して、沢居がいう。

「棚に上げるからこそいえるんや」

そこへ、ギシギシと戸の開く音。バテレンが現れ出《い》でた。透明のビニール傘をさしている。

「おう、黒マメ、みんな来とるやないか」

「班長、どこか行ってはったんですか」

知っていて、私は訊《き》いた。

「わしはな、君らとは違うんや。所轄へ行って仁義切らんといかんのや」

言葉に毒がある。いつもこうだ。自分ひとりが仕事をしていると思っている。

大阪府警捜査一課班長、宮元英治《みやもとえいじ》、通称バテレン——面と向かってそういう剛の者はいないが、一課ではそれが彼の通り名である。まだ四十を少し過ぎたばかりなのに頭の中心部を見事に光らせ、短く切り揃えた髪を無造作になでおろしているのがその名の由来するところだ。横の毛を頭頂部にまわして来ようなどという姑息《こそく》な手段を弄《ろう》しないところに多少の好感は持てるし、この広い大阪で次々に発生する凶悪犯罪をそつなくさばいてきた実績と能力は充分に評価できるが、その言動は粗野で高圧的で、何かといえば叱声《しっせい》を張りあげる。正直いって、私はバテレンが苦手だ。

「班長、いつまでそんなとこに立ってはりますの。早《はよ》う中に入って下さい」

ごますり池田がそういった。

「あほぬかせ。君らこそこっちへ出て来んかい」

「えっ……？」

「今から実況見分じゃ」

沢居、池田、鈴木、マメちゃんは弾《はじ》かれたように立ち上った。

外へ出た。雨は小降りになっている。宮元の後ろには平尾《ひらお》と、もうひとり、五十年輩の背の低い男がいた。グレーのジャンパーに膝《ひざ》の抜けた紺のズボン。風采《ふうさい》はあがらないが、眼は鋭い。

「こちら、八尾南署の杉本《すぎもと》警部補。これから現場を案内してもらう」

よろしくお願いします、五人は杉本に頭を下げた。

「ほな、行きまひょか。こっちですわ」

低くいって、杉本は歩き始めた。

――ここ八尾市竹渕《たけふち》の遺跡発掘現場へ来るにあたり、早朝の電話で私は係長の服部《はっとり》から事件の概要を知らされていた。

一昨日《おととい》、十一月二日、午前八時。降りしきる雨の中、E6トレンチ（試掘溝）の東壁面が崩壊しているのを発掘補助員（大阪文科大学学生）が発見した。トレンチの深さは最深部で四メートル、崩れた土砂の下に黒いレインシューズが見えた。事故を直感した補助員はトレンチ内に降り、そこに人が埋まっているのを確認した。補助員はこれを発掘主任に知らせ、主任は作業員を集めて、土砂の下から死体を掘り起こした。と同時に、このことは警察に通報され、検死官とともに、八尾南署から捜査員が現場に急行した。

死体の身元はすぐに判明した。大阪文科大学文学部国史学科教授、浅川亮介《あさかわりょうすけ》、五十三歳だった。浅川は竹渕遺跡発掘の総責任者である。

検死の結果、浅川の死亡原因は窒息死、死亡推定日時は十一月一日、午後九時から十一時の間と判定された。

はじめ、浅川の死は事故であろうとの見方がなされた。浅川はレインシューズを履いており、また遺体といっしょに、壊れたシルクの傘、携帯ライト、移植ゴテ、手バチ、竹ベラが発見されたことから、浅川はトレンチ内で層序（地層断面）、埋蔵物等を調査中、三十一日午前から降り続いている雨のため、土層のゆるんだトレンチ壁面が崩れ落ち、その下敷きになったのではないかと考えられた。

が、しかし、捜査が進むにつれて、この事故説に対する否定要素が増えてくる。八尾南署の調べによると、発掘現場には一日午後六時まで係員がいて、その時、Ｅ６トレンチに異状はなかったという。浅川は六時以降現場に現れ、トレンチ内に入ったと思われるが、雨の降りしきる中、日も暮れて誰もいないところへ、なぜひとりで来る必要があったのか、それが第一の疑問だった。浅川は半月に一度くらい現場の視察をしていたが、その時は必ず事前連絡があり、発掘主任に調査区の案内をさせ、進《しん》捗《ちょく》状況を聞いていたという。

遺体の服装は、背広にカッターシャツ、ネクタイ、これは明らかに発掘作業に適したものではないし、傘をさしていたのも気に入らない。雨の中、作業をするなら、カッパなどを身につけるのが適当である――と、これが第二の疑問。

第三の疑問点は、遺体の右後頭部に内出血が見られたこと。これは崩れ落ちた土砂による打撲ではなく、後ろから鈍器で殴打された可能性を示している。

そして、最も大きな第四の疑問点。――Ｅ６トレンチの東地表面には、雨による土砂崩れを避けるため、ナイロン製防水シート（四×六メートル）がかけられていたにもかかわらず、死体発見時、シートは折りたたまれて、トレンチから三メートル離れたところにあった。この、ナイロンシートの移動が浅川によってなされたものなら、彼はなぜこんな危険きわまりないことをしたのか。シートがなければ、ただでさえ土砂の堆積《たいせき》が多く土層の弱い河内《かわち》平野のトレンチ、それも高さ四メートルもの垂直壁面が崩壊するおそれは充分にある。最近でこそ自ら発掘の現場指揮をとることはないが、三十年以上にわたる発掘調査生活を送ってきたベテラン考古学者が、どうしてこの山が来る（土砂崩れ）かもしれない地の底へ降りたのか。

以上の点を検討した結果、浅川は殺されたのちトレンチ内に遺棄されたか、あるいは生きながら埋められたのではないかとの疑いが生じ、そのため、遺体は行政解剖でなく、司法解剖に付されることとなった。

八尾南署署長は捜査状況を府警本部に報告し、それを受けて我が捜査一課宮元班が出動した——。

竹渕遺跡発掘調査現場は、広さ一万九百平方メートル、南北約百二十メートル、東西約九十メートルの長方形で、北側は平野川の堤、西側は二車線の府道、東と南は民家が建ち並んでいて、民家との境には波形鋼板の簡易塀が設置されている。調査区は、縦五本、横六本の畔《あぜ》を残して碁盤の目状に区画され、特に西側にある縦の二本のトレンチは幅が五、六メートルもある。トレンチの地山の状態は西が比較的浅く東が深いため、住居址《じゆうきよし》の地表面は西から東へ緩く傾斜しているようだ。現場内はいたるところに青い防水シートが敷かれ、その上には浅く水がたまっている。

Ｅ６トレンチは調査区の南東角にあった。幅三メートル、長さは二十メートルといったところか。

「えらい深いもんですな」

沢居がトレンチのそばに立ち、おずおずと下を覗《のぞ》き込んでいった。

「あんまり際《きわ》へ寄ったら崩れまっせ」

杉本がいう。

沢居はトトッと数歩後ずさりした。

「教授が埋まってたん、どこでっか」

平尾がいった。

「あそこですわ」

杉本は十メートルほど先の大きく土がえぐれているところを指さし、「向こうの端に梯子《はしご》があるし、そこから下に降りてみまひょ」

杉本、宮元、平尾に続いてトレンチの底に降り立った。水はあまりたまっておらず、踏みしめる土は案外硬くて、ところどころにぼんやりとしたすり鉢状の穴と、それよりは少し鋭く切り立ったような浅い段差がある。赤褐色の土器のかけらが散乱し、慎重に足場を選んで歩かないと、踏み割ってしまう。

「しかし、ま、陰気なとこですな」

後ろでマメちゃんがいった。「まわりは何の変哲も愛敬《あいきょう》もない土の壁、顔を上げても眼に入るのは空と雲だけ。毎日毎日こんな薄暗いとこにしゃがみ込んで、しこしことヘラや刷毛《はけ》使《つこ》うてたら、性格まで暗くなる」

「ほな、ちょうどええ。一ヵ月ほどここで使うてもらえ」と、私。「ちょっとはその派手すぎる気質《たち》が直るかもしれん」

「またそういう憎まれ口をたたく。黒さんこそどないです。一年ほどここで強制労働しはったら」

「あほ。わしゃ閉所恐怖症じゃ」

「その割にはよう行きますな、のぞき部屋」

「あれはもうやめた。真底暗い」

「ほな、最近はどこへ行ってますねん」

「どこでもええやろ」

「黒木《くろき》憲造《けんぞう》、三十路《みそじ》を半ば過ぎていまだ独身。素人さんとの経験、なし」

「自慢やないけど、わし、タダではいっぺんもしたことがないぞ」

「それの、どこが自慢ですねん、どこが」

「こら、おまえら、何をごそごそ喋《しゃべ》っとる」

宮元に叱られた。「ちゃんと眼をひんむいて現場を見んかい」

はい、はい、口の中で私は答えた——。

浅川亮介の発見現場は、崩れた土砂が二メートルほど堆積して山になっていた。崩壊壁面は、幅約四メートル、奥行きは上に行くにしたがって深くなり、地表部では三メートルほどもえぐれている。六十度ほどの角度で滑り落ちた土砂は三トン、いや、五トンはあるだろう。下にいる人間はひとたまりもない。

「なるほど、こういうことでっか」

平尾が腕を組んでうなずいた。「こいつは、わしが想像してたよりずっと大規模な地滑りや」

平尾は何ごとにつけ芝居がかっている。

沢居が私の前に出た。

「浅川、どういう姿勢で埋まってました」

と、杉本に訊《き》く。杉本は少し間をおいて、

「横向きでしたな。そう、体を丸うにして、頭から泥に突っ込むような格好でね」

「杉本さんが来た時、死体は」

「埋まってたそのままの状態で掘り出されてましたわ。さすが発掘専門の連中や、死体には指一本触れてへん」

「そやけど、発見した時点では、浅川は完全に死んでると決めつけられませんがな。ひょっとして息があったら、人工呼吸のひとつもせんならん」

「ガチガチに固まった冷たい死体を蘇《そ》生《せい》させよいう物好き、どこにいてますねん」

「あ、そうか、体、もう死後硬直してたんや」

呟《つぶや》くようにいって、沢居は頭をかく。

「さ、そろそろ行きまへんか。雨が強うなってきたし、いつまでもこんなとこにおったら、それこそ二次災害が起こる」

杉本はいい、暗い空を見上げた。


現場事務所には係長の服部がいて、我々が戻るのを待っていた。島谷《しまたに》、寺山、山上もいる。宮元班の全員が揃ったというわけだ。

宮元は杉本を紹介し、

「みんな、ある程度の状況は頭に入ってると思うが、もういっぺん杉本さんに説明してもらう」

いって、さも疲れたふうに壁際の椅子に腰を下ろした。

杉本は話し始めた。みんなは時おり短い質問をはさみながら、耳を傾けていた。杉本の話に特に目新しいところはなかった。

「と、ま、以上のような状況や」

杉本が話し終えるのを待って、宮元は言葉を継ぐ。「どうや、何ぞ意見あるか」

「意見やないけど、質問」

寺山が手を挙げた。「十一月一日の浅川の行動、教えてもらえませんか」

「まだちゃんとした裏を取ったわけやないけど」

杉本が立ち上った。メモ帳を開いて、「朝の八時に高槻《たかつき》の自宅を出て、箕面《みのお》の文科大に着いたんが九時二十分。研究室に昼までおって、十二時半から会食。場所は大学近くの鮨屋《すしや》で、相手は和歌山大から来た考古学者二人。二時過ぎ、その来客二人と文科大へ戻って、教授室で歓談。四時、来客が帰り、そのあとは研究室で資料の整理。五時半ごろ研究室を出て、それからの消息は不明。たぶん教授室におったんやとは思うけど、いつまでおったかはまだ調べがついてません」

「大学は何時ごろ出たんです」

「それも今のとこ不明。五時半過ぎいうたら、外はまっ暗やし、本館受付にも人はいてません」

「浅川、大学へはどうやって通うてます」

「電車とバスですな。運転免許は持ってません」

杉本は答えて、「あ、それともうひとつ。……バッグが見つかってません。浅川、通勤にいつも黒のショルダーバッグを肩にかけてるそうなんやけど、こいつがどこにもない。竹渕の現場にも、文科大にも」

「そのバッグ、何を入れてます」

「たぶん、書類とレインシューズ……。浅川、わりと神経質で、雨の日には傘とレインシューズを手放したことがないそうですわ」

「そうですか、どうも」

寺山はひょいと頭を下げた。

「いずれにせよ、浅川の足取りは詳しいに調べなあかん。これからはわしらの出番や」

宮元がいった。「他に意見は。浅川の死についてどう考える」

「こいつはやっぱり殺しでっせ」

発言したのは池田だった。「わし思うに、浅川は首を絞められるか何かで死んだのち、ここに運ばれたんですわ。ほいで、トレンチの中に放りこまれて上から土をかけられた。ナイロンシートがめくってあったんは、雨で土砂崩れが起こったと思わせるためですわ」

「えらい断定的な言い分やな。その根拠は」

服部が口を開いた。

「浅川には、雨の夜中にひとりで発掘現場へ来る理由がおません。生きてる大の男を誘い出し、都合ようトレンチ内に降りさせることは不可能です」

「検死所見では、浅川は窒息死や。犯人、どないして浅川を殺したんや」

「絞殺か扼殺《やくさつ》、どっちかでしょうな」

紐《ひも》やロープ状のものを頸《くび》の周囲に巻きつけ、これを引き締めて窒息死させるのを絞殺といい、手や腕で頸部《けいぶ》を圧迫するのを扼殺という。

「浅川の首には絞痕《こうこん》も扼痕《やくこん》もなかった。これをどうみるんや」

「それは……」

池田の苦しげな顔。

「黒さん」

隣のマメちゃんが話しかけてきた。「また始まりましたな。トリさん、獲物見つけて喜色満面でっせ」

トリさんのトリは服部のトリではない。揚げ足とりのトリさんである。自分からは何の提案もできないくせして、他人の意見に対しては容赦のない皮肉、悪口を浴びせるところにその由来がある。

「まだある」

服部はなおもいいつのる。「君は浅川の遺体に上から土をかけたというが、人間の手であれだけ大量の土砂をどうやって崩すことができるんや。一日の夜、現場のパワーショベルが動いた形跡はないんやで」

「…………」

池田は黙り込んでしまった。

「ちょっとよろしいか」

マメちゃんが手をあげた。「窒息死いうのは、絞死や扼死だけと違います。鼻口部閉塞《へいそく》、胸郭部圧迫、それから溺死《できし》……犯人は何らかの方法で浅川を窒息死させたんです。土砂崩れに関しては、何もあんなに派手にやる必要おません。シャベル使《つこ》うて、上半身だけでも埋《うず》めといたら、それでええんです。ほんまの土砂崩れが発生したんは、犯人が土を削り落とすためにシートをはぐったせいで、これはいわば偶然の産物ですわ。ぼく、池さんの説に賛成です」

「あほくさ。何をいいだすかと思たら、そんな与太話かい」

服部はせせら笑った。「わし、さっきまでどこにおったと思う」

「知りませんな、そんなこと」

与太話といわれて、マメちゃんは鼻白む。

「近大や。わし、近大の法医学教室におったんや」

「へえ。死体の解剖でもしてはったんですか」

「ばかたれ。わしはな、執刀医に会《お》うて解剖所見を聞いたんや。遺体の血液中からは軽度のアルコールが検出された。そして、気管と食道には泥水がいっぱい詰まってた。そやし、死因は絞殺でも扼殺でもない。酔うて反応が鈍ってるところへ呼吸道が泥水によってふさがったための、いわば溺死というもんやった」

「すると、浅川は……」

「少なくとも土に埋まるまでは生きてた、ということや」

「それやったら、こいつは単なる事故死いうことになるかもしれませんがな」

「かもしれん、と違《ちご》て、これは事故や。わしのカンに狂いはない」

「へーえ、カンいうのはそういうもんですか。ぼく、狂うからこそカンというんやと思てました」

「何や、その言い方、気に入らんな」

「教えて下さい。浅川は酒を飲んだあと何でひとりこそこそと発掘現場へ行ったんか、何で背広を着てたんか、何でショルダーバッグが発見されへんのか、何でシートがめくれてたんか、を」

「そんなことまでわしが解説することない」

「そやかて、係長は」

「もうええ。やめとけ」

宮元が立ち上った。腰に手をあててゆっくりと一座を見まわし、

「浅川の死が事故であるか他殺であるか、情報量の乏しい現段階で結論を出す必要はない。浅川の身辺、日常、最近の行動、それらを調べてネタを集めるんや。いずれにせよ、中途半端なままで幕を下ろすことはできん」

太い声で宣言した。

2

雨はやんだ。

「ね、黒さんもそう思いますやろ」

箕面市小野原《おのはら》、バス停から大阪文科大学への道すがら、マメちゃんがいう。「トリさんの頭の中、まるっきり収穫遅れのダイコンでっせ」

「何や、それ」

「鬆《す》だらけ」

「それをいうなら、腐ったトマトにせんかい」

「どういうことです」

「もうすぐ脳味噌《のうみそ》が溶けて、耳の穴から流れ出る」

「汚いな。いかにも黒さんらしい発想や」

「いいだしたん、おまえやないか」

「けど、黒さん、この辺、けっこうきれいなとこですやろ」

「あん……」

　マメちゃんの話題はすぐ逸《そ》れる。

「この間、新聞に載ってましたがな。大阪府下でどこに住みたいかいうアンケートをとったら、箕面市がいちばんでした」

「そらまた何でや」

「金があるからでしょ。ここ、高額所得者がようけ住んでるんです。黒さん、このあたり、坪いくらやと思います」

「さあ、いくらや」

　興味はないが訊《き》いてみた。

「百万円。うちにようチラシが入るんやけど、とてもやないが捻《ひね》り出せるような金額やない」

　マメちゃんは箕面市の南隣、吹田《すいた》市の千里《せんり》ニュータウンに住んでいる。住・都整備公団の賃貸住宅だ。

「ぼく、このごろ思てますねん。一生団地住まいやないかいなと」

「上等やないか。団地のどこがわるい」

「そら、やっぱり結婚して子供もできたら、一国一城の主《あるじ》として、庭いじりのひとつもしてみたいですがな」

「おじいみたいなことというな」

「おじいで結構。ああ、一戸建が欲しい」

「そんなに欲しいんなら、買わんかい」

「買う金がないから嘆いてますねん」

「金もないのに嘆くな」

「へっ……何やわけが分らん」

「おっ、見えてきた。あれが文科大やろ」

　坂の向こう、白い邸宅の屋根越しに薄茶色の校舎が見えた——。

　そう厳《いかめ》しくもないこぢんまりした学校だった。苔《こけ》むした煉瓦《れんが》積《づ》みの正門をくぐり、突きあたりの受付で文学部の所在を訊く。本館一、二階の東半分がそうで、国史学科は一階だという。

　本館内に入った。午後二時二十分、講義中なのか、薄暗い廊下に学生は見当らない。

「ここですわ、国史学科研究室」

濃い緑色、ところどころペイントの剥《は》げた木の扉をマメちゃんがノックする。

扉が開いて、顔をのぞかせたのは、白衣を着たひっつめ髪の女性だった。切れ長の眼と高い鼻梁《びりょう》が理知的な印象を与える。私の好みだ。

「すんません、ぼくら、こういう者です」

マメちゃんが名刺を差し出した。「死なはった浅川教授のことでお訊きしたいことがあります」

「そうですか、どうぞ」

捜査員の来訪を予期していたのか、彼女に表情の変化はなく、扉を大きく開いて我々を招じ入れた。

室内はかなり広かった。私の１ＤＫのマンションの、ほぼ四倍はある。正面は窓、手前廊下側と左右両奥の壁際には、背の高い木製収蔵棚が隙間なく並べられている。部屋には四人の男がいて、それぞれが机に向かって厚い本を読んでいたり、土器のかけらを貼り合わせていたりして作業に余念がなく、みんな、ちらっとこちらを見たきり、あとはまったく注意を払おうとしない。つい二日前に自分たちの親分が亡くなったというのに、緊張感もなければ、ざわついた雰囲気もない。さすが、学者先生の集まりというべきか。

「なるほど、これが勾玉《まがたま》たらいうやつですか」

ぶつぶついいながら、マメちゃんは収蔵棚を覗《のぞ》き込む。白く煤《すす》けたガラス戸の向こうには土器や石器、埴輪《はにわ》などがある。

「あの、ちょっと訊きますけど」

　マメちゃんは女性研究員に話しかけた。

「この薄っぺらい石、いったい何です」

「石匙《いしさじ》です。動物の皮を剥いだり、肉を切ったりしました」

「こんな簡単な道具で皮や肉をね。ほな、こっちのひょうたん形の石器は」

「それは石斧《せきふ》。木の実を打ち割ったり、土を掘ったりしたんじゃないでしょうか。刑事さん、考古学にご興味が」

「興味というほどの上等なもんやおません。ただ、こういった古いもんが好きなだけですわ。この部屋にある石器や土器類、みんな浅川教室の人が掘り出しはったんですか」

「浅川先生だけではなく、その前の山根《やまね》教授、またその前の早瀬《はやせ》教授時代からの出土品もたくさん収蔵しています。いちばん古いものでは、昭和五年に発掘した石鏃《せきぞく》や耳飾りもあります。もちろん、私は生まれていませんが」

「あの、失礼ですけど、お名前は」

　私が訊いた。好みのタイプの女性をマメちゃんに独占させる手はない。

「秦野《はたの》史子《ふみこ》と申します」

「秦野さんは、この研究室の？」

「助手です」

「ここにいてはる人、簡単に紹介してもらえませんか」

はい、と答えて秦野は柱の横でワープロを操作している男を指さした。

「植田《うえだ》先生。嘱託です。専門は東洋史。上代武器の研究をしています」

次に、窓際の作業机で土器の修復をしている二人の男。右が、

「非常勤講師の片岡《かたおか》さん。人類学、解剖学専攻です。甲陽《こうよう》大医学部から出向してきています」

そして、左が、「榎本《えのもと》先生。非常勤講師をなさってます。美術史が専門で、東洋史研究室からの出向です」

「あそこで電話してはるのは」

「今村《いまむら》先生。助教授です」

「以上で全員ですか」

「助手の高橋《たかはし》が、今日はおりません」

高橋の居どころは知っている。竹渕遺跡発掘調査主任の彼は、八尾南署で服部や池田から事情聴取を受けているはずだ。

今村が電話を終えた。

「すんません、今村先生と話をしたいんですけど」

「呼びましょうか」

秦野は今村のところへ行った。すらっとした白衣の後ろ姿がいい。

今村は私とマメちゃんを学内食堂に案内した。白い合板製のテーブルにオレンジ色の丸椅子、マメちゃんがセルフサービスのコーヒーを三つ、アルミ盆に載せて運んで来た。私の隣に坐《すわ》る。

「今日はお忙しいところを突然押しかけまして、申しわけありません」

「いや、どうも、大変なことです」

今村はハンカチで首筋を拭《ふ》く。濃紺、ペンシルストライプの三つ揃い。長い髪をきっちり七、三に分けている。痩《や》せて色が白く、典型的な腺病質《せんびょうしつ》タイプだ。

私はコーヒーにミルクを落として、

「今村さん、失礼ですけど、お年は」

「三十九です」

「どんなことを研究してはります」

「考古学です。主に縄文《じょうもん》時代を」

「土器に縄目の文様がついとるんですな」

「一概にそうとはいえませんが」

「あの、十一月一日ですけど、今村さんは研究室にいてはりましたか」

「いました。一時ごろまで」

「それからは」

「午後四時から岐阜で考古学協会の大会があって、それに出席したんです」

「車で行きはったんですか」

「ぼくはペーパードライバーです」

「ほな、新幹線で？」

「そう。新大阪駅から、こだまです」

私が訊《き》き、マメちゃんがメモをとる。質問は今村にだけでなく、研究室の全員にするつもりだ。各人の応答をあとで検討し、総合的なまとめをするのが事情聴取の常道だ。

「浅川教授、一日はどんな服装でした」

「さあ、どうだったかな」

今村は額に手をあてて考え込み、「背広でしたね。色は……そう、ダークグレーでした。白い縦縞《たてじま》が入っていたんじゃないかな」

「ネクタイは」

「憶《おぼ》えていません」

「ワイシャツは」

「薄い水色でしょう、おそらく。浅川先生、おしゃれだったから」

今村のいう浅川の服装は、死体発見時のそれと一致する。

「ご存じやと思いますけど、浅川教授、竹渕のトレンチで発見された時、レインシューズを履いてました。ブーツ形の、甲のところにファスナーがついてるんやけど、そのレインシューズ、浅川教授はいつもどこに置いてました」

「私室です。雨が降ったり、調査現場に水がたまったりしてる時は、雨具をバッグに入れて持って行くんです。普通、ゴム長やカッパは現場事務所に備えつけてあるんですが、先生はそれが汗くさいといって、使わなかったですね」

浅川の履いていたレインシューズの内張りには油性のフェルトペンで彼の名前が書いてあった。現場主任の高橋はそれを見て浅川のものに間違いないといった。

「私室、いうのは」

「教授室です。研究室の隣がそうです」

「あとで、教授室を見せてもらえますか」

「ええ、どうぞ。鍵《かぎ》は秦野君が持っています」

「一日以降、部屋には誰も入ってませんな」

「はい。そうするように警察の方からいわれましたから」

今村はコーヒーカップを手にとり、口のところへ持って行ったが、ふと思い出したように、「あの……」

「何です」

「浅川先生は殺されたんですか」

「何でそう思うんです」

「いや、きのう来られた刑事さんが、そんなふうなことをいってたから」

所轄の捜査員だ。口が軽くていけない。

「我々はそれをはっきりさせるために、こうして話をお聞きしてるんです」

適当にかわした。

「すんません、教えて下さい」

マメちゃんがいった。「今村さんは、浅川先生が竹渕遺跡へ行った理由、どない考えはります」

「さあ、それは。ぼくには分りません。推察もできません。竹渕から特に珍しいものが出土したわけでもないし、仮に出土したところで、先生がひとりで現地へ行かれる必要もないわけで」

「つまるところ、浅川先生には竹渕へ行く動機がないと、そう判断できるんですね」

「ま、そうでしょうね。少なくとも、ぼくはそう考えます」

「分りました。どうも」

　マメちゃんはコーヒーをひとすすりして、

「話は変わりますけど……浅川先生、どんな人でした」

「それはどういう意味での」

「そやから、例えば、気難しい人やったとか、いわゆる学者ば……いや、その、研究に没頭して他を顧《かえり》みることがなかったとか」

「違いますね」

　今村は即答した。「先生はけっこう洒脱《しゃだつ》な人です。研究面では厳しいけれど、あとはさっぱりしていて、適当に遊んでもいました。それに、何かと口うるさい大学の中でひとつの研究室を切りまわしていくんだから、世事に疎《うと》いということもなかった。すべてにおいてバランスがとれていましたね、先生は」

「いや、ぼくは」

「あなたがたのいいたいことはこうです。浅川先生は他人に恨みを買うような人だったかどうか、でしょう」

「こらかなわんな。ま、端的にいうたら、そういうことです」

「先生は立派な人です。業績も人物も申し分ない。ぼくにいえることはそれだけです」

今村は言葉を切り、腰を浮かした。「今日のところはこれくらいで勘弁してもらえますか」

「あ、最後にひとつだけ」

「何でしょう」

「今村さん、十一月一日の夜はどこにいてはりました」

「アリバイ調べ、ですか」

今村の不快そうな表情。「さっきもいったように、岐阜県の大垣《おおがき》市にいましたよ。泊まったのは、大垣グランドホテルです」

「わるいけど、もうちょい詳しく教えてもらえませんか」

「いいでしょう」

今村は腰を下ろした。「学会は大垣市の文化ホールで開催されました。岐阜大の名誉教授が『弥生《やよい》墳墓と前方後円墳の成立』という講演をし、そのあと一時間ほど分科会。六時から、錦町《にしきまち》のグランドホテルに席を移して懇親パーティーと、そんな経緯でした」

「その学会、文科大からは」

「ぼくだけです」

「向こうで誰かお会いになりましたか」

「大阪考古学研究所の余沢《よざわ》副所長とごいっしょしました。彼は五年前まで浅川教室にいて、私たちの同僚でした。……そう、今は富田林《とんだばやし》市の甲田《こうだ》で遺跡の発掘調査を行っています」

「浅川教授の死体が発見されたん、二日の朝です。その報《しら》せは誰から」

「片岡です、研究室の。そりゃあ、どれだけ驚いたか。余沢さんにわけを話して、彼の車に同乗して大阪へ帰って来ました」

「よう分りました。ありがとうございます」

「じゃ、ぼくはこれで」

今村は立ち上った。

「研究室にお帰りになったら、次の人……そう、植田さんにこっちへ来てくれるようにいうてくれませんか」

「なるほど。個人面接ってわけだ」

今村はひとつ嫌味をいい、「植田に伝えます」

小さく応えて、きびすを返した。

「どないでした、黒さん」

今村が消えるのを待って、マメちゃんがいう。

「一回めの事情聴取としては、あんなとこやろ。今村、学者にしてはよう喋《しゃべ》りよった」

「けど、浅川のことに関しては歯切れがわるかった」

「あいつ、助教授や。要らんこというて出世に響いたらかなわん」

「大学の研究室人事いうのは相当にややこしいもんやと聞きまっせ。ほれ、あの昭和六十二年の広島大の学部長殺し、憶えてますやろ」

「万年助手の恨み、やったな。……大学に限らず、人事いうのはそんなもんや。ひとつ裏へまわると、百鬼夜行、魑《ち》魅《み》魍《もう》魎《りょう》が跋扈《ばっこ》しとる」

「おや、これはまた難しいお言葉を。教養が滲《にじ》み出てますがな」

「そう。つい口に出るんや」

「バッコて、どんな字書きますの」

「虫偏に跳ねると書く」

「そら、バッタでっしゃろ」

「どうでもええ。……それはそうと、腹減ったな。植田が来る前にうどんでも食おかい」

「ぼく、きつね」

「わしは肉うどん」

いって、席を立とうとした時、食堂の入口に植田が現れた。きょろきょろと中を見まわしている。

「ここでっせ、ここ。植田さん、ここです」

　マメちゃんは立ち上り、大きく手を振る。食堂内の全員がこちらに注目する。恥ずかしい。マメちゃんといっしょだと顔が赤くなることが日に何度もある。

　植田が来た。

「入学試験の心境ですな」

「どうぞ、坐《すわ》って下さい」

　植田は腰を下ろした。黒いクルーネックのセーターに茶色のコーデュロイパンツ、がっしりした体だ。

「コーヒーでもどうです」

「要りません。ここのはまずい」

「今日はお忙しいとこを……」

「いや、挨拶《あいさつ》はよろしいわ。ぼくらとしてもちゃんとした結論が出るまでは寝覚めがわるい。何でも訊《き》いて下さい」

　植田はあたりをはばからぬ大声でいう。その口調に研究室の主宰者が死んだという深刻さはまるでない。硬そうなくせの強い髪、無精ひげ、レンズの厚い黒ぶちの眼鏡、眉《まゆ》が濃く、眼がぐりっと大きくて、どこかしら古武士のおもかげがある。

　私は冷めたコーヒーを飲みほして、

「植田さん、十一月一日、浅川教授に会いましたか」

「会いましたで。ほとんど一日中いっしょでした」

「教授のようす、どないでした」

「別に変わったとこはありませんでしたな。和歌山の先生が帰ったあとは、いつもと同じように、気難しい顔して研究室の隅に坐ってましたわ」

　おどけるようにいって、植田は肩をすくめてみせた。

　私はたばこを取り出した。どうです、と植田に差し出せば、彼は黙って一本抜いた。火を点《つ》けてやる。

「植田さん、おいくつです」

「四十二。この年で嘱託ですわ」

「発掘現場に行ったりはせんのですか」

「そら行きますわいな。測量、地区割り、実測、記録、何でもします。今、うちの研究室は二つの調査現場を抱えとるし、ぼくはかけ持ちですわ」

「ひとつは竹渕遺跡。もうひとつは」

「富田林の甲田遺跡。これも集落跡です」

「その甲田遺跡、大阪考古学研究所が発掘してるんと違いますの」

「よう知ってはりますな」

「さっき、今村先生からお聞きしました」

「甲田は、うちと考古研の共同調査です」

「今村先生、これから大変ですな。浅川教授がおらんようになって、急に責任者ですがな」

「まったく、ね。調査計画の見直しはせないかんし、とりあえずは告別式もある」

「葬式まで助教授が段取りするんですか」

　マメちゃんが口をはさんだ。

　植田は眼鏡を押し上げて、

「浅川先生の娘さん、今村君の奥さんですがな」

「へえ、そうでしたんかいな」

　マメちゃんはうなずき、「これは参考までにお訊きするんやけど、土砂崩れいうの、発掘現場ではようあるんですか」

「よくある、とはいえんけど、ないともいえませんな。特に竹渕遺跡のある河内平野のように……河内平野は、元々は海なんです。それが湖になり、干拓して平野となった。そやから、最低三メートルは掘らんと遺構が出てこん。その上、砂の堆積《たいせき》が多くて土層が弱い。発掘調査の対象地としては劣悪な条件が重なって、山が来る危険性が大きいから、トレンチを掘ったあと、雲行きの怪しい時や雨の降っている時は必ず防水シートをかけます」

「とはいうても、崩れるもんは崩れるんでしょ」

「山が来そうな時は何となく分ります」

「ほう。それは」

「何かしら前兆があるんですわ。土層壁面の小石がピンと弾《はじ》けるように落ちて来たりしてね」

「そら、ちょいとオカルト風で怖いですな。植田さんに経験は」

「二へんあります。一ぺんめは、弥生時代の洞窟《どうくつ》遺跡の岩盤が剥《は》がれ落ちてすっかり埋まってしもた。ぼくはその直前に逃げ出したんです」

「ほんま、命がけですがな」

「二へんめは、トレンチです。この時は、隣におった調査員が三カ月の大けがをしました」

「えらいこっちゃ。そういう事故例、他にもありますか」

「調査員の溺死《できし》というのがありましたな」

「溺死？　そら不思議や。発掘現場で溺《おぼ》れ死ぬやて、まさにミステリーや」

マメちゃんの事情聴取は執拗《しつよう》である。そして、うまい。タイミングよく感想をはさみながら、さも興味深いといった顔で訊くから、自然、相手もよく喋る。

　植田はテーブルに片肘《かたひじ》をつき、あごに手をあてて、

「十年ほど前やったか、ダムを造ったために水没するおそれのある墳墓を緊急発掘した事例がありましてね、ぼくら調査員は毎日、ゴムボートでその墳墓のある対岸へ渡っていたんです。で、ある日、トランシット——地形測量に用いる測角器具です。重さは二十キロもあります。このトランシットを背負った学生が誤ってボートから転落して、それこそ、あっという間に沈んでしもてね、どないも助けようがない」

「なるほど。それで溺死ですか。……他に、死亡例は」

「ぼくが関与した事例ではないけど、岡山の調査現場で感電死というのもありましたな」

「そらまた、何で」

「土砂運搬用のベルトコンベアですわ。それを作動させるための高圧線集中配電盤を操作してて、調査員が感電死しました」

「こうやって聞いてると、発掘いうのもけっこう危ない仕事ですな」

「本質的に土木工事なんですわ。発掘調査いうのは。そやから事故も多い」

　植田は呟《つぶや》くようにいって、フィルターのところまで吸ったたばこを揉《も》み消した。

「植田さん」

口をはさんだ。「あと、ひとつだけ。これは正直なとこを教えてほしいんやけど、浅川教授、どんな人でした」

「どんな人といわれてもねえ」

植田は眼をつむった。「……優れた学者、としかいいようがありませんな」

「それだけですか」

植田は立ち上った。「次の面接は誰がよろしい」

「秦野さんお願いします。あのきれいな人」

3

八尾南署に帰り着いたのは午後八時、日はとっぷりと暮れていた。今どき珍しい石造りの階段を上り、二階の予備室に入る。部屋には、宮元と服部を除く班の全員がいた。

「バテレンは」

入口近くの席でたばこをくゆらしている沢居に訊いた。

「さっき、鑑識係長が来て、トリさんと三人で出て行った」

「沢やん、おまえ、何でここにおる。帰らへんのか」

「帰るなと、班長がいうたんや。科捜研から何ぞ新しい情報が入ったらしい」

「ほな、これから捜査会議かい」

「そういうこと」

「くそっ、また遅うなるがな」

「ここに泊まったらええやないか。通いの手間が省ける」

「そうもいかん。これが待っとんねや、これが」

私は小指を立てた。

「何や、それ。爪くらい切らんかい」

「これやもんな。そういう憎まれ口ばっかり叩《たた》いとるから、女ができへんのや」

「おまえにそないいわれたら世話はない」

沢居は私と同じ三十六歳、額がすっかり抜けあがって、かわいそうに外見は四十代後半。それで、いまだに独身である。同情するにやぶさかでない。

「ふたりともやめなはれ、みっともない。眼くそ鼻くそを笑うとはこのことや」

　マメちゃんが割って入った。

「こら、マメ、わしはな、黒さんと違《ちご》て、女がおらんから結婚せえへんのやないで。

わしは自由でいたいからこそ……」

「そんなふうにいうとこ、まるっきり黒さんといっしょや。年と境遇が同《おんな》じやったら、いうことまで似るんですな」

「もうええ。小市民の相手はできん」

沢居が手を振ったところへ、宮元と服部が戻って来た。

「みんな揃とるな。よっしゃ、始めよか」

宮元は傍らの椅子を引き寄せ、それにまたがって腰を下ろした。背もたれに両手をかけて、

「最初にいうとこ。浅川亮介の死亡は事故やない。殺しや」

宮元は内ポケットから八つ折りの白い紙を抜き出した。ファクス用紙のようだ。

「今、科捜研の化学土壌鑑定室から報告が来た。浅川の気管と食道から採取した泥を分析した結果、これは竹渕遺跡のものではないと判定された。組成がまるで違うんや」

「ほな、何ですか、浅川は……」

沢居がいった。

「そう、竹渕で死んだんやない。どこぞ他の場所で窒息死したのち、竹渕に運ばれて、上から土砂をかけられた。遺体といっしょに傘や発掘用具が見つかったんは、明らかに偽装工作であることを示してる」

「偽装工作、すなわち……」

「他殺や。遺体の後頭部に内出血があったんは、殴られて気を失《うしの》うたところを、どこか大量の泥のあるところへ放り込まれて生き埋めにされたに違いない」

「犯人は浅川を殺したあと、その口や喉《のど》に泥を詰めたとは考えられませんか」

平尾がいった。彼はなにごとにつけ慎重な判断を下す。

「それはない。今朝、トリさんがいうたように、剖検の結果、絞死、扼死《やくし》、及び胸部圧迫による窒息死は否定されとる」

「ほな、泥の分析結果から第一犯行現場を特定することできませんか」

「それが、ちょいとばかり難しいんや」

　宮元はファクス用紙を開いた。「要点だけ読む。……竹渕遺跡E6トレンチから採取した砂、土、その他夾雑物《きょうざつぶつ》は、主たる重鉱物について、シソ輝石が五六パーセント、磁鉄鉱が二三、カンラン石が五パーセントと、こんな組成になっとる。対するに、浅川の体内にあった泥は、シソ輝石が四八と磁鉄鉱が三一、カンラン石が九パーセント、浅川の泥は大阪府下の中河内から南河内の平野部にかけて一般的にみられるものであり、この組成によって地域を特定することは困難である。また、被分析資料から検出した有機物が極めて微少量であるため、これは地中の相当深いところにあった土壌であると判定される……と、以上や」

「科捜研ともあろうものが、その程度の報告しかできんのですか」

島谷がいった。「あこには近畿《きんき》一円の土壌サンプルが揃てると聞きましたで」

「わしもそない思て、鑑定員に電話をしてみた」

「ほいで、答えは」

「何千、何万のサンプルを置いてあるわけやなし、大まかな範囲しか特定することはできん。ただし、こっちから資料を提供した場合は、その組成を分析、照合することは可能やと、そういう答えやった」

「それやったら、第一犯行現場はわしら探偵で探し出せということですがな。対象地域が大阪府の中河内から南河内やて、あんまり広すぎますわ」

島谷は吐き捨てる。

「が、しかし、手がかりはある」

宮元はたばこを咥《くわ》えた。マッチを擦って、「浅川の泥に有機物は少ない。そやし、田んぼや畑の土ではない。山土でもない。わし思うに、こいつは発掘現場の土である可能性が大きい。浅川研究室が今までに掘った調査地の土を片っ端から集めて、科捜研に送ってみるんや」

「そらよろしい。ほんまにええ案や」

声高にいって、手を打ったのは服部だった。「さすが班長、眼のつけどころが違う」

ばかばかしい、その程度の発想は誰にでもある。服部は全員の冷笑を浴びていることも知らず、

「浅川の身辺捜査、もっと気合を入れてやらなあきませんな」

「いうまでもない。これからは徹底的にやる」

「帳場は」

「ここや。明日《あした》、一課長に相談する」

帳場とは捜査本部のことをいう。捜査一課長や刑事部長の意を受けて、府警本部長が事件発生地を管轄とする警察署にこれを設置する。浅川の一件が警察の規定でいう「本部長直接指揮事件」となり、帳場が設置されれば、宮元班は八尾南署から十人ないし二十人の応援捜査員をもらえる。帳場用に部屋と電話も貸与される——。

「ね、黒さん」

隣のマメちゃんが耳許《みみもと》でささやいた。「ぼく思うんやけど、この事件《ヤマ》、年内にカタつきますわ」

「何でや、何でそう思う」

私も小さく応じる。

「浅川の呑《の》んだ泥が予想どおり発掘現場のもんやったら、犯人はこの業界の人間でしかありえへん。そやし、ある程度被疑者の数を絞りこんで、あとは十一月一日の夜の

アリバイを調べたら、それであっさり犯人が割れますわ」

「そんな簡単に行くんかいな」

「行かなどないしますねん。ぼく、正月まで仕事ひきずるの嫌でっせ」

「正月でのうても、仕事はうっとうしい」

「黒さん、真底怠け者ですな」

「正直者というてくれ」

「こら、黒木、何を喋《しゃべ》っとる」

また宮元に叱られた。宮元はコホンとひとつ空咳《からせき》をして、

「ほいで、今日の訊《きき》込みはどないやった。……トリさんから報告してくれ」

「わし、発掘主任の高橋や現場の作業員から事情聴取しました。高橋は浅川研究室の助手で、年は三十。もっさりした感じの……」

「そういうのはあとでええ。浅川の死について、高橋はどういうた」

「浅川先生は立派な人です。もし、これが他殺やったら、その動機について、私にはまったく思いあたるふしがないと、そんなふうなことを何べんもいうてました」

「高橋、アリバイは」

「あります。一日の夜は七時過ぎに帰宅して、それから外出はしてません。いちおう、おふくろさんから裏を取りました」

「一日の現場の状況は」

「朝九時から作業を始めて、夕方の五時に終了。六時過ぎには、現場には誰もいてません。留守番も警備員も置いてません」

「最後に現場を出たんは」

「事務の担当員です。事務所の錠をかけて帰りました」

「それから夜明けまで十二時間。あのひどい雨、まわりは高い塀やし、目撃者はまずおらんやろな」

宮元は小さくいい、「よっしゃ、次、黒さん」

私は立ち上った。マメちゃんのメモ帳を開いて、

「文科大浅川研究室の研究員は、高橋を含めて全部で六名です。助教授の今村の他に、嘱託の……」

「ちょっと待て。それ、まとめて黒板に書いてくれ」

今村浩郎《こうろう》――助教授。専攻、考古学、縄文式文化。三十九歳。

植田俊孝《としたか》――嘱託。専攻、東洋史、上代武器。四十二歳。

榎本良雄《よしお》――非常勤講師。専攻、美術史。文科大東洋史研究室より出向。四十八歳。

片岡悟《さとる》——非常勤講師。専攻、人類学、解剖学。私立甲陽大医学部より出向。三十九歳。
高橋正人《まさと》——助手。専攻、考古学、弥生式《やよいしき》文化。三十歳。
秦野史子——助手。専攻、考古学、服飾、工芸史。二十八歳。

書き終えて、私は手のチョークを払った。

「一日の夜、高橋を除く五人にはいちおうのアリバイがあります。今村は岐阜の大垣市に出張、現地のホテルに宿泊。植田、榎本、片岡、秦野は自宅です。まだ、裏は取ってません」

「ふむ……それで、浅川の部屋はどないやった」

「わし、マメちゃんと二人で教授室を見分しました。立ち会《お》うたんは今村と秦野です。部屋はきれいに整理されてて、荒れた形跡はなし。浅川のレインシューズを捜してみたけど、どこにもありませんでした。その日浅川が履いてたという黒の革靴もなかったことからみて、けさ、杉本さんがいうてはったように、浅川はバッグの中にレインシューズを入れて部屋を出たんやないかと思います」

浅川の死体とともにE6トレンチから発見された移植ゴテ、手バチ、竹ベラ、携帯ライトは、現場事務所横の器材庫から持ち出されたことが判明している。器材庫はいつも施錠されていない。

「そのバッグ、どんなんや」

「秦野がいうには、黒の合成皮革製で、何の変哲もない普通のショルダーバッグやそうです」

「浅川はレインシューズを履いてたし、履き替えた革靴とそのバッグを見つけたら、第一犯行現場が特定できる。……よっしゃ、明日の朝一番、鑑識を教授室へ遣《や》ろ」

宮元はいい、「次、島やん。報告してくれ」

島谷は話し始めた。

私は坐《すわ》って一服吸いつける。腹減ったな――、ふとそう思った。文科大で肉うどんを食い損ねていた。

十一月五日、朝――。私は富田林市の甲田遺跡に向かった。マメちゃんとは発掘現場で顔を合わせることになっている。

谷町四丁目《たにまちよんちょうめ》から地下鉄で天王寺《てんのうじ》。近鉄《きんてつ》南大阪線に乗り換えて羽曳野《はびきの》市古市《ふるいち》。そこから近鉄長野《ながの》線で富田林、川西《かわにし》駅に降り立ったのは午前十時を十分ほど過ぎていた。甲田遺跡はここから東へ約五百メートル、歩いて七、八分の距離だ。すぐに行くのも気がきかないので、ちょうど通りかかった喫茶店に入った。

「おや、ま、黒さん」

「うん……？」

　驚いて振り返ると、窓際の席にマメちゃんがいた。手にはスポーツ新聞、テーブルには五、六冊のマンガが積み上げられている。

「お久しぶり。妙なとこで会いましたな」

「毎日、毎日、見とうもない面《つら》突き合わせてて、何がお久しぶりや。このぐうたらがまた油売っとるな」

　マメちゃんの向かいに坐った。

「そういう黒さんはどないですねん。何でまっすぐ現場へ行かんのです」

「わしは重役出勤。マメより先に着いたとあっては、切れ者探偵の沽券《こけん》にかかわる」

　ウェイトレスが来た。焼きそばとコーヒーを注文する。

「黒さん、そういう貧しい食生活送ってたら長生きしませんで」

「どこが貧しいんや、どこが。わしゃ自分の金で食うとるんや」

「ぼく、今朝は何を食うたと思います」

「知るかい、そんなこと」

「ほうれん草の味噌汁《みそしる》にジャコおろし。卵焼きに塩ジャケ、それとナスビの浅漬け。デザートはこんな大きい梨一個と甘い甘い巨峰でっせ」

「おまえとこのエンゲル係数、八〇パーセントは行ってるな」

「何ですの、そのエンゲルケースとかいうの」

「えっ、知らんか」

「知りません」

「教えたろ。背中に白い羽つけた天使さまがほほ笑むんや。ここのご家庭は幸せ度八〇パーセントやな、いうて」

「そらええ。黒さんも早《はよ》う所帯持ちなはれ」

「…………」

　マンガを手にとった。ドラえもん、マメちゃんの精神年齢にぴったりだ。

　十一時まで喫茶店でぐずぐずし、それから現場へ来た。甲田遺跡発掘調査主任、余沢清《きよし》は四十七歳、ひょろっと背の高い温厚そうな人物だった。グレーの作業服上下を着ている。彼は茨木《いばらき》市にある財団法人、大阪考古学研究所の副所長で、五年前、文科大浅川研究室からそちらへ移籍した。甲田遺跡発掘は文科大と考古学研究所の共同調査だという。

「ここ、竹渕に較べたら、かなり作業が進んでますな」

　現場を眺めまわして、マメちゃんがいう。甲田遺跡に竹渕遺跡のような幅の狭いトレンチはなく、現場事務所の周辺を除く調査区のほとんどが三メートルほど掘り下げられて、そこここに竪穴式《たてあなしき》住居の柱跡や溝がある。

「調査を始めてもう二年になります」

余沢の話しぶりはゆったりしていて、アクセントは関東風。いかにも先生といった印象を受ける。

「あと、どれくらいで調査完了です」

「一年です。調査が全部終ると、あとは埋め戻されます。その後整理して、調査報告書を提出したら完了です」

「埋め戻してからは」

「ショッピングセンターになるんです」

「こんな丁寧に掘って、もったいない」

「発掘調査はできても、永久保存にまわるだけの予算がないんですよ、地方自治体には」

呟《つぶや》くようにいって、余沢は遠くを見る。

はじめ、余沢から受けた説明によると、ここ甲田遺跡は、調査面積二万五千平方メートル、弥生時代中期の集落跡で、北半部が水田、南半部に円形竪穴式の住居域があったとされている。また、集落を周《めぐ》る環濠《かんごう》（溝）の外、西へ少し離れたところから方形周溝墓とやらが検出され、木棺と性別のわかる人骨、そして副葬されたとみられる犬の骨が出土したという。それが考古学的にどういった評価を受けるのか門外漢の私には知る由もないが、余沢にいわせるとけっこう重要な発見ではあるらしい。

「余沢さん、こういう発掘調査、どれくらいの費用がかかりますの」私が訊《き》いた。

「一概にはいえませんね。対象地の状況と調査方法によって……そう、上は十万から下は五万円といったところですか」

「その、十万、五万いうのは」

「一平米あたりの費用です」

「何ですて」

マメちゃんは眼をむいた。「ほな、この甲田遺跡は……」

「六万ちょっとです」

「ちょ、ちょっと待って下さいや」

マメちゃんは上を向き、ついでに眼の球も上に寄せて、何やらぶつぶついう。しばらくして視線を戻し、「十五億。甲田遺跡の発掘費用は十五億円ですがな」

「そう、その程度でしょう」

「こいつはすごい。発掘調査いうのは、そんなに金のかかるもんやったんですか」

「ずい分驚かれたようですね」余沢は笑う。

「ぼく、漠然と考えてました。この現場で、そう、七、八千万くらいかなと。いうたら失礼やけど、ほとんど土を掘るだけの作業やから」

「それが、ま、一般的な感想でしょう」

余沢はいって、作業服の襟を立てる。風が強くなってきた。

私はたばこを取り出した。

「よろしいか」余沢に訊く。

「どうぞ、どうぞ。でも、吸殻は捨てないように」

私はたばこをポケットに戻した。

「この現場、何人ほどいてはります」

事務所のすぐ北側、現在発掘中の調査区域（スクウェアとか、グリッドという）には七人の調査員がいて、各々坐《すわ》り込み、移植ゴテ、竹ベラなどを使っている。両隣のスクウェアには、ベルトコンベアで不要な土を処理しているのが三人。遠く向こうの塀際にも四、五人いる。

「今日は学生補助員が五人と作業員が十五人。あと、事務員が二人おります」

「あの、あそこにかたまってるのは」

東のスクウェアの近くに十数人のおばさんが立っていて、高声に喋《しゃべ》りあいながら写真を撮っている。

「カルチャーセンターの生徒です」

余沢は苦笑して、「最近は古代史ブームとやらで、毎日のように遺跡見学者があるんです」

「生涯教育たらいうやつですな。勉強熱心でよろしいがな」

「でも、気分は物見遊山ですからね」

余沢は眉《まゆ》をひそめた。

「補助員と作業員はどう違いますの」マメちゃんが訊いた。

「補助員は学生のアルバイト。作業員は建設会社の下請けで文化財発掘の専門会社から派遣されて来ます。年輩の人がほとんどです」

需要のあるところ、供給がある。力を必要としない細かな作業、発掘調査員というのは再就職するに都合のいい職種だと、余沢は説明した。

「事務員は何をするんですか」

「給料の計算、支払い、電話番、資材発注と、することはいくらもあります」

「なるほどね。……そういや、植田さんがいうてはりましたわ、発掘いうのは土木工事やと」

「植田君、ご存じなんですか」

「きのう会いました、文科大で。植田さん、今日は」

「こちらには来ません。明日《あした》は写真撮影があるから顔を見せるはずです」

「植田さん、撮影の係ですか」

「この現場では、ね」

「何を撮るんです」

「遺構、遺跡の詳細、遺物の出土状況、層序の状況、調査中のスナップ、遺跡の全景。撮影計画については、私と植田君が事前に打ち合わせをします」

「こんな広い遺跡、どないして全景を撮るんです。ヘリコプターでも飛ばすんですか」

「そうすることもありますが、最近は気球やクレーン車を利用する例が多いですね。ここはそんなに大規模な現場じゃないから、主に櫓《やぐら》を使ってますが」

「櫓?」

「あれです」

余沢は事務所横の高い「塔」を指さした。

それは、ビルの足場、仮構に使用されるスチールパイプ製建枠を、サイコロを積み上げたように組んだもの——横幅は二メートル弱、高さは十メートルほどもあった。建枠の各ユニット内には梯子《はしご》が斜めに取り付けられて、利用者は櫓の中をジグザグに登り降りするらしい。

「写真撮影、あのてっぺんからするんですか」

「そう。三脚を据えてね」

「あそこ、手すりがありませんがな」

「あったら、撮影の邪魔になります」

「たった一坪ほどで手すりもない、ぼくやったら、とてもやないけど、あんなおとろしいとこよう登りませんな。万が一、登ったとしても、床にへばり付いて小便ちびってるのが関の山ですわ」

　マメちゃんのいうことはほんとうだ。やつは高所恐怖症である。それも相当重症の。

　――ついこの間、マメちゃんは実家に行って、テレビアンテナの取り換えを頼まれた。おっかなびっくり梯子を使って屋根に上ったのはいいが、ふと下を見た途端、体がすくんでしまい、身動きができなくなった。小一時間も寒い吹きさらしの中に身を縮めたあげく、七十二歳のおふくろさんに屋根まで迎えに来てもらい、それでようやく下に降りることができたというていたらく。おまけにその時、マメちゃんは瓦《かわら》を二枚割ってしまい、アンテナを換えずに瓦を換えたというオチまでついている。

「私も時々はあの上に登るんですがね」

　余沢は櫓を見上げた。「やはり膝《ひざ》が震えますよ。ちょっと強い風が吹くと、床がふわふわ揺れるんです」

「命がけですな」

「それほど大袈裟《おおげさ》なものでもありませんがね」

「今村さんは、現場には来んのですか」

「彼は伝統ある大阪文科大考古学研究室の助教授ですからね。いろいろ忙しいらしくて、顔を見せるのは月に二、三度といったところです」

余沢の言葉には険がある。何か含むところがありそうだ。

「十一月一日の岐阜の学会、今村さんといっしょやったんでしょ」

「そうです」

「懇親パーティーのあと、ホテルから飲みに出たりはせんかったんですか」

「大垣は初めてでしたからね。飲みたくても店を知らない。部屋でテレビを見ながらウィスキーを舐《な》めてましたよ」

「二日の朝は今村さんを車に乗せて大阪へ帰って来たんでしたね」

「今村君から話を聞いて、とるものもとりあえず、といった状態でした。惜しい人を亡くしました」

いって、余沢は空を仰ぐ。

私は腕の時計に眼をやった。十二時二十分前、そろそろ昼どきだ。

「余沢さん」

話しかけた。「浅川教授ですけど、最近、トラブルに巻き込まれてるいうようなことはなかったですか」

「トラブル？……と、おっしゃいますと」余沢の訝《いぶか》しげな顔。

「はっきりいいますわ……竹渕遺跡の件、あれはどうも単なる事故ではないという説が強うなってきたんです。それで……」

「先生はすばらしい人です」

余沢はきっぱりといった。「私の知る限り、先生をわるくいうような者はおりません」

誰もかれも判で押したように同じことをいう。それだけ立派な大先生が何で殺されたんや――私は胸の奥でいい、

「けど、余沢さんは五年前に浅川研究室を出はったんでしょ。そやし、外から見たら、また別の視点で浅川教授を」

「分りません。お答えできません」

余沢はつと振り返り、「失礼。指示することがありますので」

いうなり、事務所に向かって歩き始めた。

私はひとつ舌うちをして、

「まずかったかな、今の訊《き》きよう。余沢を怒らしてしもたがな」マメちゃんにいった。

「別にまずいことはおませんやろ。狭い考古学界のことや、どこに眼があり耳があるやら分らん。言わぬが花ですわ」

「こらどうも別のルートからあたってみんといかんな。浅川の人となり、誰に訊いても同じような感想しか返ってこん」

「利害の一致する人間はまずあきまへんやろ。考古学界のこと、もっと頭に入れとく必要があります」

「特に、人脈を、な」

「ぼく、何かの記事で見たことがあります。関西の考古学界、えらいややこしいらしい」

「それ、いつごろの新聞や」

「新聞違います。何とかいう月刊の総合誌です」

「文藝春秋《ぶんげいしゅんじゅう》とか現代たらいうやつか」

「そう、その類《たぐい》です」

「そんな本、どこで拾た」

「拾たとは何です、失礼な」

「マメがそんな堅い本、買うわけない」

「思い出した。ぼく、その記事、地下鉄の中吊《なかづ》り広告で見たんや」

「あほくさ。記事といえるほどのもんやあらへん」

「は、は、それもそや」

「もう十二時や。どないする」

「土、拾いましょ」

「袋は」

「ここです」

　マメちゃんは上着のポケットからビニール袋を取り出した。十枚以上ある。甲田遺跡の土を採取するため持ってきた。

「マメちゃんはあのあたり。わしはこっちの二、三ヵ所を採る」

　ほい、そうしましょ、マメちゃんは袋の半分を私に手渡し、小走りで水田跡へ向かった。


「あった、ありましたで」

「どれ、どれ、見せてみい」

〈関西考古学界の仇敵《きゆうてき》、岡本《おかもと》と山根、その確執と策謀〉。月刊「創造」誌、三月号、マメちゃんの開いたページの見出しである。

　富田林市本町《ほんまち》の市立図書館、甲田遺跡から歩いて十五分だった。

「どないです。ぼくの記憶、確かなもんですやろ」

「ほんまや。マメちゃん、案外頭がええんやな」

「見直しましたか」

「見直した。頭の形がええ」

「中身はどないですねん」

「腐れトマト」

「耳から種が出るんですか」

「くだらんこというてんと、記事や。記事を読も」

私はマメちゃんの隣に椅子を寄せた。

今、関西の考古学界は三人の「元老」によって牛耳られている。国立京都青峰大学教授、大迫達正（五三）、私立阪和《はんわ》大学名誉教授、岡本忠雄《ただお》（六七）、大阪考古学研究所所長、山根研一郎《けんいちろう》（六六）である。およそ、関西の考古学者といわれるものはすべて、この三人のうち誰かにつながりを持ち、その三派によって考古学界は「棲み分け」がなされ、それぞれが勢力を争って拮抗している。これは、縄張りといってもいいかもしれない。

大きくみて、大迫派の系統は京都府のほとんどと滋賀の全県、岡本派は兵庫県全県と大阪府の半分、山根派は奈良全県と大阪府の半分をその支配下において、たがいに他派の動向をうかがっている。

この縄張り意識は非常に堅固なもので、たとえば奈良県内で発掘調査をするとき、それがたとえ高校の歴史研究部程度であっても、指導教官が山根系でなければ、成果はまったく上らないという風評がある。

一例を示す。約十年前、奈良市奈良阪の通称金鶏山で、地元県立高校の地歴研究部員が塼仏《せんぶつ》を発見した。これは三十センチ四方の、三尊仏を浮彫りにした見事な陶板で、同時に塑像の頭部、腕などが出土したため、これらは飛鳥《あすか》後期に焼失した正原寺の遺品ではないかと推察された。古来から地元には、元日、金鶏山で金の鶏が鳴くとの噂があり、正原寺が燃えた際、寺の僧たちが持ち出した経巻や仏像など寺宝のすべてを、金鶏山に掘った大きな穴蔵の中に収めたという言い伝えもあった。そこで、地歴研究部顧問の社会科教諭は文化財保護委員会や県教委に本格的発掘調査を実施するよう働きかけた。が、しかし、結果はなしのつぶて。おまけに、それ以上金鶏山を掘るのはまかりならぬとのお達し。これは、その社会科教諭が阪和大出身で、岡本直系の考古学者であるからとみなされた。もし教諭が山根系であれば、事態は明らかに違っていただろうと消息通はいう。

こうした対立例は、とりわけ岡本派と山根派との間に多い。二派は大阪を二分して、たがいに一歩も引かない。岡本派の発掘現場に山根系の学者が見学に来たような時、岡本派は遺跡に土をかける、出土品を隠す、質問には答えないなど、徹底した非協力姿勢をとる。何かの拍子で他派に協力的な行動をとった場合、その学者は派を放逐《ほうちく》されてしまう。学閥を出るということは、学者生命を失うということでもある。

　両派とも、他派の調査にはことさら無関心を装い、その調査報告に対しては過小評価を下す。まさに、足の引っ張りあい、頭の叩《たた》きあいである。

　今、時代は変わった。日本が経済大国となる過程において緊急発掘調査件数は飛躍的に増加し、この開発ブームの中、関西では毎日平均二件の遺跡が破壊されている。過去のしがらみを断ち、妄執を捨て、関西の考古学者は一致協力せねばならない。何にもまして、その意識変革が望まれる時代である——。

「学者の世界いうのもいろいろあるんやな、え」

「ほんまにね。こんな陰湿なもんやとは知らんかった。ぼく、学者にならんでよかったわ」

「間違《まちご》うてもなれるかい」

「けど、この記事、けっこうためになりましたがな」

「なった。山根派の研究員に浅川のこと聞いたって何の足しにもならん」

「この記事、コピーしてみんなに配りましょか」

「あほ。何でそんなつまらんことせないかん。これはわしらだけのネタ、飯のタネや」

「黒さんのそのセコさ、ぼく好きですな」

「浅川、学閥争いが昂《こう》じて殺されたんかもしれんで」

「可能性はありますな」

「はて、さて、これからどないしたもんやろ」

「明日《あした》あたり、阪和大へ行ってみませんか」

「そら、ええ案かもしれん」

「そうと決まったら、今日のお仕事はもうこれで終り。さ、行きましょか」

　マメちゃんは本を閉じ、椅子を引く。

「待て。どこへ行くんや」

「天王寺です」

「大東《だいとう》はどないするんや」

　大東市には、以前大阪文科大が発掘調査した古墳が二基ある。そこの土を採取して来るよう宮元に指示されている。

「それは明日でよろしいがな。今日は甲田の土だけでたくさんや」

　マメちゃんは上着の裾《すそ》を叩く。左右のポケットはもっこり膨らんで垂れさがり、フラップがはじけている。そういった服の乱れなどマメちゃんはまったく意に介しない。

衣服というものは寒さをしのぎ、猥褻物《わいせつぶつ》を隠蔽《いんぺい》する機能さえあればそれでいいというのがマメちゃんの持論である。

「マメちゃん、天王寺に何ぞ用があるんかい」

「ターミナルビルの名画座でね、今、『アンタッチャブル』をやってますねん。あれ今日までやし、見逃したら一生悔いが残る」

「ビデオで見たらええやないか」

「映画いうのはね、黒さん」

マメちゃんは立ち上った。「勤務中に見るからこそおもしろいんですわ」

4

十一月六日。朝、帳場に顔を出し、マメちゃんが来るのを待って、二人で大東市に向かった。

捜査に進展はない。捜査員は分担して、文科大の教員、学生など、浅川を知る人物から事情を聴取している。それと並行して、浅川研究室が発掘調査を行った墳墓、遺跡などの土の採取もしている。土は科捜研に送られ、浅川の気管内にあったものと比較照合される。

――古墳は大東市野崎《のざき》と中野《なかの》にあった。二基とも直径二十メートルほどの円墳で、周囲にはびっしりと住宅が建ち並んでいた。私とマメちゃんは手分けして古墳の数カ所から土を採取した。盗掘をしているわけではないが、屈《かが》み込んだ体を小さく丸めて、何かしら後ろめたい気分だった。

四條畷《しじょうなわて》駅前のそば屋で昼食を摂《と》り、喫茶店でコーヒーを飲んだ。そのあと、マメちゃんは近くの不動産屋に寄り、周辺の住宅地価と建売り住宅の値段を訊《き》いた。案外本気で家が欲しいらしい。

あきません、こらほんまに一生団地住まいや――、不動産屋を出て、マメちゃんはそうこぼした。

――四條畷から京橋《きょうばし》、環状線で天王寺へ行き、阪和線に乗り換えた。三《み》国ヶ《くにが》丘《おか》を過ぎて、右にこんもりした森が見える。

「あれ何や、古墳か」

「仁徳天皇陵《にんとくてんのうりょう》やないですか」

「えらい大きいな」

「世界でいちばん大きい墓ですわ」

「嘘つけ。エジプトのピラミッドがいちばんやと聞いたぞ」

「それは体積。面積はこっちの方が上です」

「そんなこと、誰が決めた」

「決めたも何も、昔からそうなっとるんです」

「昔て、いつや」

「知りません」

「知りもせんこと、いうな」

「黒さん、むちゃくちゃや」

上野《うえの》芝《しば》で電車を降りた。東へ十五分ほど歩いた住宅街の中に阪和大学はあった。前庭は芝生と噴水、コンクリート打ち放しの、屋根だけ切妻風の四階建ビルが五棟、ゆったりと配されている。箕面の文科大よりは大きく、新しい。

本館前の車寄せ、白いクラウンが停まって男が降りて来た。肥満体、ダークグレーのスーツ、鼻下とあごに半白の濃い髭《ひげ》、五十歳前後か。

「あの、すんません。考古学教室どこですか」

マメちゃんが訊いた。

「資料館の裏手やけど、何か」

「ちょっと用事がありまして」

「どういったご用件かな」

いって、髭は我々に不審の眼を向ける。マメちゃんの上着のポケットの異様な膨らみが気になるようだ。

「失礼ですけど、おたくさんは」

髭にいった。髭はムッとした顔で、

「花岡《はなおか》です、考古学教室の」

「先生ですか」

「教授、ですわ」

驚いた。いきなりボスにぶちあたった。

「先生」

マメちゃんは気をつけをした。「ぼくら、府警から来ました。考古学界のことで教えていただきたいことがあるんです」

「文科大の浅川君の件かな」

察しがいい。「きのう、彼の告別式に参列しましたんや」

五日、午前十時から吹田市の千里会館で浅川の告別式が行われた。喪主は浅川の妻、葬儀委員長は文科大学長だった。

「こんなとこでは何やし、二、三十分、お時間いただけませんか」

マメちゃんは花岡の隣に並んで歩き始めた。

コーヒー専門店キャンティ、長い間改装をしていないらしく、コテ仕上げの白壁がヤニ色に変色し、そのヤニ壁のあちらこちらにポスターや品書きが貼られている。客は我々三人だけだ。

「初めにお願いしときますけど、ぼくらがここに来たこと、内緒にしとってほしいんです」

グラスの水に口をつけ、マメちゃんはいった。花岡はイエスともノーともいわず、

「浅川君、やっぱり殺されたんかいな」

「それは……」

「新聞で読んだ。警察は他殺の疑いもあるとして捜査を始めた、と」

「あくまでも疑いですわ。今んとこ、どっちともいえんから、こうして先生に」

「で、ぼくにどういうことを」

「浅川先生のことお訊きしたいんですわ」

「それは研究室の連中に訊くべきやないのかね。ぼくは部外者やで」

「いろんな立場の人からいろんな話を聞く、それが我々のやり方ですわ。先生は同じ学界にいてはるし、情報や噂はけっこう耳に入ってくるのと違いますか」

「それは、ま、狭い世界やからね」

花岡は言葉を切った。少し間をおいて、「浅川君、行政マンやった」

「行政マン」

「押しが強うて、立ちまわりがうまい。従来の学者にはないタイプやな」

「すんません、具体的に」

「まず、予算書がすらすら読める。それはつまり、発掘調査を学問という面からだけやなく、ひとつの事業として捉《とら》えることのできる才覚があったということ。いわゆる学者ばかではないんやね。だから、役所や工事業者とのかけひきもうまいし、はったりも利く。ただし、学問的業績に関しては、ぼくはあまり認めていない」

「性格的な面はどないですの」

「死んだ人をわるくいうのは気がひけるけど、評判のよくなかったことは確かやね。権力志向がものすごう強くて、そのためには手段を選ばんとこがある」

「例えば」

「そうやね……」

花岡は髭を撫《な》でながら、「彼が教授になったそもそもの理由、知ってますか」

「聞かせて下さい、何でも」

「浅川君の奥さん、山根前教授の娘なんですわ。浅川君、なりふりかまわん強引な接触をしたらしい」

「おもしろそうですね」

「浅川君が文科大の助手やったころ、奥さんは短大の学生やった。浅川君、帝塚山《てづかやま》の山根家のすぐそばにアパートを借りて、毎晩のように山根家に通うた。表向きの理由は、山根先生の論文作成の手伝いとか資料の整理やけど、ほんとの狙いは別のところにあった。その証拠に、浅川君、娘さんが短大を卒業してすぐに結婚した。で、その半年後には助教授に昇格。この人事が原因で、先輩助手二人が山根教室を出たというから、内部でかなり揉《も》めたらしい。……当時、関西の学界で浅川方式という言葉が流《は》行《や》りましたな」

「ポストを射んとすれば娘を射よ、ですな。他にそういったエピソードありませんか」

「浅川君、ここ一、二年は陵墓《りょうぼ》委員を狙《ねろ》うてたみたいやね」

「何です、それ」

「宮内庁書陵部《くないちょうしょりょうぶ》に陵墓委員会いうのがあって、現メンバーは八人。人選と任命は宮内庁でする。八人のうち、関西の委員は、青峰大教授の大迫達正、大阪考古学研究所の山根研一郎、阪和大名誉教授の岡本忠雄先生」

「関西考古学界の元老が揃てますな」

「よう知ってるね」

「いや、ま、その程度は。……で、その陵墓委員は何をするんです」

「年に一回か二回、宮内庁で会合を開いて、その年度に調査、整備する陵墓を決定するらしい」

「ただそれだけのことですか」

「話は最後まで聞きなさい。岡本先生はじめ、学界の重鎮が陵墓委員であるからこそ、陵墓に対する不当な調査要求を抑えることができるという一面もあるんや」

「調査要求？」

「天皇陵は国民の共有財産であるから学術調査の対象にせよ。発掘は無理としても、せめて墳丘部の立ち入りくらいは認めるべきだというのが発掘主義者の言い分やね」

「花岡先生はどういうお立場です」

「天皇陵は文化財やない。天皇家の祭祀《さいし》の対象ですわ。みだりに調査、発掘したらいかん」

「浅川さんもそういう考え方やったんですか」

「違うね。まったく違う」

花岡は吐き捨てるようにいった。「浅川君、つい二、三年前までは、学界でも一、二を争う強硬な陵墓調査の推進論者やった。それが、去年の夏、山根研一郎が心臓発作で入院した時から、浅川君、口にチャックをしてしもた。陵墓調査に関して、何の意見も述べん」

「浅川さん、山根先生から何ぞ言い含められたんと違いますか」

「山根氏は健康に自信がない。だから、自分が抜けたあと、陵墓委員に浅川君を嵌込《はめこ》む肚《はら》やったとぼくは思とる」

コーヒーが来た。私とマメちゃんはたばこに火を点《つ》けた。花岡は喫《す》わないらしく、けむそうに顔をしかめている。

今気づいたが、この店、ＢＧＭにアイドル歌手の小児ポップミュージックを流している。どこまでも趣味がわるい。コーヒーもまずい。

「花岡先生」

たばこを揉み消して話しかけた。「山根先生が浅川さんを陵墓委員にするべく画策し始めたん、去年の夏ですね。それやのに、山根先生はいまだ陵墓委員。バトンタッチが遅れてませんか」

「遅れてるも何も……」

花岡は笑った。さも愉快といった口調で、「浅川君、大失態を演じたんや。バトンタッチどころか、最近は自分の身を守るのに汲々《きゆうきゆう》としてた」

「どういうことです」

「彼、文科大の教授であると同時に、大阪考古学研究所の顧問でもある。そう、所長は山根研一郎。それで、話は長《なご》うなるけど、去年の秋、八尾市の長楽寺というところで古墳の盗掘事件が発生した。……集落の北に鏡山いうのがあって、その麓《ふもと》に地区の公民館を建設するため資材運搬用の仮設道路を敷いた。ところが、その作業中、通称鏡山古墳いうのを壊してしもて、副葬品の一部が出土した。そこで、うちの研究室に府から要請があって、ぼくが現地調査に行った」

花岡は一週間にわたる現地視察ののち、鏡山古墳の管理と監視を、地元の長楽寺古文化研究会の会長である畑中久志《はたなかまさし》に委任した。畑中は地元の有力者であり、鏡山の公民館用地を提供した当人でもあった。

現地調査から一週間、畑中は古墳の副葬品が盗まれていることに気づいた。あとで判明するのだが、この犯人は長楽寺古文化研究会の会員で新井《あらい》義和《よしかず》。新井は調査の終ったその夜、古墳内に侵入して、刀剣、勾玉《まがたま》、高坏《こうはい》など約五十点を持ち出したという。のちの鑑定によると、副葬品は合わせて時価五百万円もの逸品ばかりだった。

半月後、新井は副葬品のうち数点を、持ち山から出たと偽って、考古学研究所に勤める知人のもとに持ち込んだ。いくらで売れるかという鑑定依頼である。

知人はその種の副葬品に詳しい顧問の浅川に遺物を見せた。浅川は週に一日、研究所に来ている。所長の山根は病気がちで、その日も研究所に顔を出していなかった。

遺物を鑑定して、浅川は驚いた。どれも第一級の品である。事情を訊《き》くと、これは長楽寺近くの笹山から出たという。浅川は訝《いぶか》った。山からこの種の古墳副葬品が出土するはずがない。

浅川は新井を呼び、これをどこで手に入れたと詰問した。新井は一部始終を告白した。

浅川は残りの遺物すべてを研究所に持って来るよう新井にいった。その後の文化財保護委員会の査問に対して、浅川は、新井が残りの遺物を古美術商に売り払うおそれがあったからだと答えた。

新井は浅川の指示どおり、遺物を研究所に持参した。

と、ここまではよかった。浅川がこの遺物拾得の一件を当局に届け出ていれば、ことは平穏に収まったはずだが、しかし、浅川はこれを怠った。なぜ怠ったかは、浅川の言によると、新井を警察に引き渡すことにためらいがあったからだという。

これが浅川にとって取り返しのつかない失態となった。いきさつが畑中久志の耳に入ったのである。

畑中は怒った。新井を窃盗罪で、浅川を盗品隠匿罪で告発した。

同時に、浅川は文化財保護法違反にも問われた。義父の山根が文化財保護委員会の専門審議委員であるだけに、これは非常に痛い。

浅川は奔走し、あらゆるツテを頼って、刑法犯になることだけはどうにか免れた。免れたが、当然、浅川の陵墓委員云々《うんぬん》は沙汰止《さたや》みとなり、また文科大教授会からは考古学研究室を退くよう勧告を受けた。浅川は了承し、来年の春には退職する予定だった——。

「これは隠しても仕方ないからいうけど、山根派の連中、浅川亮介は嵌《は》められた、陰で糸引いとるのは岡本と花岡やとかいうとるらしい。……言いがかりや、言いがかり。引かれ者《もん》の小《こ》唄《うた》や。ぼくはそういう陰湿な人間やない。畑中の告発にしても、あれは義憤を感じてやったことや」

花岡は牽制《けんせい》する。どこか後ろめたいところがあるのかもしれない。

「浅川さん、退職して、あとは」

「考古学研究所の方に専念するつもりやったんやろ。いずれは山根氏の後を襲うて所長さんや」

「なるほどね。聞けば聞くほどおもしろい話です」

マメちゃんがいった。

花岡は時計を見た。

「あ、もうこんな時間や。そろそろ行かんと」

「えらいすんません。長いこと引き止めてしもて」と、私。

「今日はほんまにためになりました。ありがとうございます」

マメちゃんは伝票を取り、私に握らせた。

喫茶店を出て、公衆電話ボックスに入った。もう午後三時半、帳場に連絡を入れておかないと、あとで宮元がうるさい。

「もしもし、黒木です」

「ばかたれ」

受話器を落としかけた。宮元だ。

「す、すんません」思わず謝ってしまった。

「今まで何しとった」

「土の採取です、遺跡の」

「どこにおる」

「大東です。古墳を探すのに手間取ってしもて」

嘘をつく。阪和大学へ来たのは、私とマメちゃんのちょっとした思いつきだ。宮元は自由行動をひどく嫌う。

「今すぐ富田林へ行け。甲田遺跡でひとり死んだ」

「何ですて。誰が死んだんです」

「植田や。浅川教室の嘱託。櫓《やぐら》から落ちて死んだんや」

植田の古武士のような顔が眼に浮かぶ。一昨日《おととい》、話したばかりの人間が、今はもうこの世にいない。

「それ、事故ですか」

「あほか、おまえは」

鼓膜が破れそうだ。「それを調べるために現場へ行くんやろ」

「了解。すぐに行きます」

電話を切った。ボックスを出て、

「こら、マメ、帳場への連絡は今度からおまえがせい」

「何を怒ってはりますねん」

「怒ってへん。耳がキンキンいうだけじゃ」

甲田遺跡に着いたのは午後五時ちょうど、日はほとんど落ちていた。

遺跡前の道路には十数人のヤジ馬がいて、何やら声高に喋《しゃべ》っている。この寒い中、よほど暇なのだろう。

ごくろうさん、制服警官に目礼して、私とマメちゃんはロープをまたいだ。

プレハブの現場事務所、戸が開いて服部が出て来た。ズボンの前に手をやってもぞもぞしているのは、トイレに行くつもりらしい。

「係長」

呼び止めた。「植田、死んだそうですな」

「あそこから落ちたんや」

櫓をあごで指し、服部は面倒そうに答える。

「いつ、落ちました」

「三時ちょっと前や。植田は頭から地面に突っ込んで頭《ず》蓋骨《がいこつ》と頸椎《けいつい》を骨折、救急車が来る前に息を引き取った」

「植田、櫓の上で写真撮影をしてたんですやろ」

「よう知っとるやないか」

「きのう、ここの調査主任から聞いたんですわ。櫓の上におったん、植田ひとりですか」

「そうや」

「ほな、これは事故ですな」

「と、思う。けど、腑《ふ》に落ちんことも二、三ある」

「何です、何が腑に落ちんのです」

「目撃者に聞いたら、植田、櫓のてっぺんから勢いよう空中に飛び出したというんや。そう、足を踏み外したような落ち方やない」

「落ちる時、悲鳴みたいなもんは」

「なかった」

「植田、自殺したということですか」

「今んとこ、その線が強い。……それともうひとつ。植田は墜落した直後、駆け寄って来た現場の人間に、『アッ』と、ひと言呟《つぶや》いた」

「アッ？　そらまた何ですねん」

「知るかい。植田に訊《き》け」

「アッ、ねえ……」

　マメちゃんは首をひねっていたが、思い直したように、「前後の状況を教えて下さい、詳しいに」

「植田がカメラや三脚を抱えて櫓に登ったんは二時十分。てっぺんに三脚を据えて――」

　植田は撮影を始めた。撮影対象は調査区の全景と、二日前に発掘が完了し、清掃の終ったＤ８スクウェア。フィルム枚数は五十枚で、うち四十枚が全景と区分写真、あとの十枚でＤ８スクウェアを撮る。これは、植田と発掘調査主任の余沢が相談して決めた撮影計画に基づくものであった。

　二時五十分、撮影は完了し、植田はカメラ、三脚等の機材をアルミケースに収めた。そして、その直後、係長は墜死した――。

「櫓のてっぺん、係長は登ってみましたか」

マメちゃんが訊いた。服部はうなずいて、

「床板は、アンチとかいう滑り止めのデコボコがついた鋼板や。手すりはない」

「広さは」

「一間四方。ちょうど一坪や。隅に木の蓋《ふた》の付いた四十センチ角の穴が開いてて、そこから登り降りする」

「けど、そんな狭いとこやったら、その登り口に屈《かが》み込んで、ついバランスを崩したいうことも考えられますやないか」

私がいった。「植田がダイビングしたとかいうの、確かな証言なんですか」

「間違いない。確かや」

服部は即答した。「目撃者は現場の雑役係で、名前は加藤保《かとうたもつ》。作業中、何げなく櫓を見上げたちょうどその時、植田が頭から飛び出して来よった」

「加藤の年は」

「六十六」

「加藤、酒好きですか」

「何でや、何でそんなこと訊くんや」

服部は上眼遣いで私を見た。

「いや、ちょっと気になったもんやから」

私は口を濁した。——加藤はほんとうにその瞬間を目撃したのか。宿酔《ふつかよい》の朦朧《もうろう》とした頭で、植田俊孝のダイビング姿を創造したのではなかったか。自殺志望の男がわざわざ重たい撮影機材を持って櫓に登り、作業を終えてから発作的に飛び下りたりするものだろうか。それが、私の疑問だった。

「おい、黒さん」

服部がいった。「おまえ、わしの調べが甘いといいたいのと違うやろな」

低いしわがれ声。からむような口調だ。

私はあわてて手を振り、

「めっそうもない。わしはただ、その加藤とかいう作業員が」

「加藤のいうたことはほんまや」

かぶせるように服部はいった。「植田の落下地点は、櫓の脚元から四メートルも離れたとこや」

「そら、やっぱりダイビングですわ」

マメちゃんがいった。「足を踏み外したんやったら、そんな遠くへ落ちるはずあらへん」

「ほう、マメもたまにはええことというな」

「けど、植田、何でアツとかいうたんやろ。それ、誰が聞いたんです」

「竹内《たけうち》いう調査員や。竹内は櫓の近くで作業しとったし、落ちた植田をいちばん先に助け起こした」

「そこで、植田はダイイングメッセージを残した。しかし、アッとは妙な言葉ですな。竹内の耳、確かかいな」

「マメもいちいちうるさいな。そんなに気に入らんのなら、直接竹内に訊《たず》ねてみい」

「どこにいてます、竹内」

「事務所や。富田林署の探偵に事情を説明しとる」

「その前にぼく、現場が見たいな。植田の墜落地点を」

「見て来んかい、勝手に」

「係長は」

「わしは小便。おまえらがごちゃごちゃいうて引き止めるから、もう洩《も》れそうや」

「遠慮せんと洩らしたらええのに。誰も迷惑せえへん」

「え、何ぞいうたか」

「いや、何も」

マメちゃんと私は服部のそばを離れた。

櫓《やぐら》には三台の大型ライトが取り付けられ、周辺は寝ころがって新聞が読めるほど明るい。直径二メートルほどの石灰の円の真中が植田の墜落地点だった。

「植田、頭から突っ込んだみたいやな」

地面に、砲丸をぶつけたような半球状の凹《へこ》みがある。深さは約五センチ。

「あの人、大きな頭してたからね」

「死んだ人間をそんなふうにいうもんやないで」

「ほんまや、バチがあたるわ」

ナマンダブ、ナマンダブと、マメちゃんは手を合わせる。

「な、どない思う。これは自殺か」

「何ともよういいません。けど、ほんまに自殺やったら、こいつは明らかに浅川の死と関係があります」

「しかし、十一月一日の夜、植田にはアリバイがある」

「アリバイがあるすなわち、関連がないとはいいきれません」

マメちゃんは櫓を見上げて、「高いな。上の方、真っ暗けでっせ」

拳《こぶし》の甲で腰を叩《たた》きながら、そういう。不様に膨らんだ上着の裾《すそ》がぶらぶら揺れている。

「な、マメちゃん、そういうセコい打ち方やめとけや。いらいらするわ」

「勝負事はね、勝ったらよろしいねん、勝ったら」

マメちゃんはキューを構えながらいう。コンと小さく突いて八番をコーナーポケットに落とした。次の九番も狙いやすい位置にある。私はキューを壁にもたせかけ、水割りのグラスを手にした。

甲田遺跡から帳場へ戻り、大東市の古墳で採取した土を鑑識に届けて、私とマメちゃんは八尾南署をあとにした。JR関西本線で梅田《うめだ》、ふいにマメちゃんが、「プールバーたらいうとこ行ってみましょ」としつこく誘うものだから、仕方なくついて来た。初めのゲームは私が勝った。大勝だった。するとマメちゃんは、ここの勘定を賭《か》けましょ、という。こらええ、儲《もう》けもんや、私は一も二もなく同意した。ところがどっこい、二ゲームめからマメちゃんは人が変わったように強くなって、私は五連敗。また騙《だま》された。

七ゲームめが終った。

「さ、そろそろ帰りましょか」

マメちゃんはキューをラックに戻す。

「何や、勝ち逃げかい」

「もう十一時でっせ。電車がなくなります」

「わしは小遣いがなくなった」

「弱者は強者に食われるんです。これ、自然の摂理」

「気に入らん。もう一ゲームや」

「そやかて、電車が」

「やかましい。どうしても帰るというんなら、ここの勘定払え」

「そら殺生や。ぼく、二千円しか持ってません」

「何やと、もういっぺんいうてみい」

このペテン師、最初《はな》から私を食いものにする気だったのだ。「勘弁ならん。ケツ出せ」

「お仕置きですか」

「玉を突くんや」


午前二時、私とマメちゃんはまだキタにいる。阪急《はんきゅう》東通りの私の行きつけのスナックだ。

「な、聞いてや」

カウンターの向こう、グラスを拭《ふ》いているマスターに大声で話しかけた。隣のマメちゃんがマイク片手に何やらがなりたてているから、うるさくて仕方ない。

「今まさに死のうという人間が、アッ、とひと言いうた。これ、どういう意味やろ」

竹内は私とマメちゃんに、植田は確かに「アッ」と呟《つぶや》いたと断言した。絶対に聞き違えてはいないといった。

「アツ？」

マスターは手を休めた。「それ、暑い寒いのアツですか」

「あん……」

「よういいますやないか。ああ暑、たまらんな、とか」

「暑い、寒い、か。熱い、冷たいいうのもあるな」

「その死にそうな人て、黒さんのおじいちゃん？」

「ま、そんなとこや」

「それやったら考えることあらへん。おじいちゃん、体が熱いから、ふとんを一枚とってくれと、そういいたかったんですわ」

「あ、そうか。そういうことなんか」

相槌《あいづち》を打ちながらも、私はまったく納得していない。あの寒い吹きさらしの現場で、植田が暑いというはずがない。頸椎《けいつい》を折り、脳幹を損傷したために、「熱い」と感じたことも可能性としてはあるが、それではどうもしっくりこない。

竹内はやはり聞き違えたのだろうか。……アツ、カツ、サツ、タツ、音《おん》を変えてみる。

勝つ、札、警察《サツ》、立つ、辰《たつ》、夏、初、待つ、松、奴、ラツ、ワツ——どれもダメだ。

アツのあとに何かつけてみたらどうだろう——。厚い、圧延、集まる、敦子《あつこ》……宗右衛門町のスナックにいる。派手なくせに、かたい。

軋轢《あつれき》、厚着、熱燗《あつかん》……。

「マスター、熱燗できるか」

「できまっせ」

「一本つけて。急に飲みとうなった」

ばかばかしい、言葉遊びはやめた。

「こら、マメ」

マイクを取り上げた。「下手な歌、歌うな」

「何をしますねん」

「わしが歌《うと》たる。神妙に拝聴せい」

——結局、マメちゃんは家に帰らなかった。スズメが鳴くころになって、天六《てんろく》の私のマンションにたどり着き、狭いベッドに二人並んで寝た。目覚まし時計は七時にセットした。

5

「これが、きのう植田が櫓の上で撮った写真や。何ぞの足しになるかと思て現像した」

服部は写真の束を二つに分け、最前列の捜査員に配った。

十一月七日、午後、捜査会議が始まった。最初、宮元が植田俊孝の墜落死を報告した。次に、服部が立って植田の解剖結果を発表する。死亡原因は頸椎及び頭蓋骨《ずがいこつ》骨折による脳損傷。血液中からアルコール、薬物等は検出されず、酔ったり中毒したりして墜落した可能性は否定された。

「それと、これはちょっとした参考所見やけど、植田の左人差し指と中指に軽い火傷《やけど》の痕《あと》が見られた。死ぬ間際に植田がアッというたん、この火傷に関係があるのかもしれん」

「火傷の原因、何ですの」

沢居が訊《き》いた。

「たぶん、たばこやろ。植田、かなりのヘビースモーカーや。わし、櫓《やぐら》の床板の上に吸殻が三本落ちてるのを見た」

「しかし、今にも死ぬという人間が軽い火傷をことさらアッといいますかね」

「脳みそ潰《つぶ》れてる人間のいうことに意味なんぞあるかい」

服部は平然と言い放ち、「さっき班長が説明しはったように、こいつは事故なんか自殺なんか、もうひとつはっきりせん。もし事故であれば、浅川殺しとは何の関連もないんやけど、自殺となったら状況はまったく違《ちご》うてくる。植田は浅川殺しにかかわったために自殺したと、そういうふうに考えることもできる。浅川捜査と並行して植田の身辺を洗うんや。……ここまでで何か意見は」

服部は手を腰にあてて発言を待つ。誰も手をあげない。

「よっしゃ。トリさん、この辺でいっぺんまとめをしてくれ」

宮元がいって、移動式の黒板を指さした。

服部はファイル片手に黒板の前に立った。チョークを持つ。

十一月二日。八尾市竹渕遺跡にて浅川亮介の死体発見。気管閉塞《へいそく》による窒息死。死亡推定日時、十一月一日、午後九時から十一時。

▼浅川はどこで殺されたか。——文科大を出てからの浅川の足取り。履き替えたとみられる浅川の黒革靴とショルダーバッグが未発見。犯人が処分、または第一犯行現場にある？

▼浅川の気管内の土は。——大阪府下、中河内から南河内の土壌。浅川研究室が調査した遺跡、墳墓の土を採取、照合。

▼浅川殺害の動機。——浅川の身辺捜査。殺害するに足る動機を有する者のリスト

アップ、及びそのアリバイの確認。

十一月六日、午後二時五十分、富田林市甲田遺跡にて、植田俊孝、墜落死。自殺？

▼植田はなぜダイビングしたのか。——撮影終了後の自殺は不審。

▼植田自殺（?）の動機。——植田の身辺捜査。

▼植田のダイイングメッセージ。——「アッ」の意味。

「と、以上や」

服部が書き終えるのを待って、宮元がいった。「みんな、これを見て、捜査の要諦《ようてい》を頭に叩《たた》き込んどいてくれ。ものになりそうな捜査情報があったら、自分の担当云々《うんぬん》にこだわることなく、各自の判断でとことん突っ込むんや。遠慮は要らん、他の探偵蹴落《けお》とすつもりで突っ走れ。責任はわしがとる」

「うまいこといいますな、え」

マメちゃんが話しかけてきた。「あれを真にうけて、何べんひどいめにおうたことか」

「シッ、声が高い」

マメちゃんの口を押さえた時、前から写真の束がまわってきた。二人で見る。

「別にどうちゅうことないがな」

写真はサービス判でどれも同じような構図、各スクウェア内の発掘地表面にぴたりピントが合っている。かなり上方から広い範囲を俯瞰《ふかん》しているため、柱穴の位置や溝の方向に、ある種の法則性が感じられる。写真の下、手前に青い三角形が写っているのは防水シートの一部だろう。

「ここが囲炉裏《いろり》。ほいで、このあたりに藁《わら》でも敷いて一家全員が丸うなって寝たんですわ」

写真を指でなぞりながら、マメちゃんはしたり顔で解説する。「けど、昔はよろしいなあ。土地はタダやし、家はその辺の木を伐《き》って来て、ちょこちょこと建てたらええ。お天道さんが昇ったら近くの田んぼに出てぼちくら働き、日が暮れたらとことこ帰って来る。職住近接、通勤地獄なし。収入格差、ほとんどなし。所得税、住民税、固定資産税なし。騒音、公害、環境汚染、殺人、放火、強盗《タタキ》なし。のんびりした生活ですわ。これで一夫多妻制やったらいうことあらへん」

「マメちゃん、おまえやっぱり、どこぞおかしいわ」

「へっ、そらまた何で」

「ちらっと写真眺めただけで、ようそれだけ頭がまわるな。それも、めちゃくちゃ偏ったまわり方や」

「ロマンですがな、ロマン。弥生のロマン」

「おまえのロマンは欲と道連れや」

「そこの黒マメ」

宮元だ。低く感情を抑えた声。「何ぞ意見あるんか」

「いえ、別に……」

「ほな黙っとけ。うるさい」

すんません、小さくいってまた写真を見る。そこには足許《あしもと》の櫓など写ってはおらず、つまるところ、写真は単なる学術資料であって、撮影後の植田の墜落死をにおわせるようなものは何もなかった。

捜査会議終了後、私とマメちゃんは植田俊孝の自宅に向かった。今晩が通夜だから、それまでに事情聴取をせよとの宮元のお達しである。

松原《まつばら》市天美《あまみ》、近鉄南大阪線河内《かわち》天美駅から西へ十分歩いた六階建の府営住宅が植田の自宅だった。附近はまだところどころに田や畑があり、刈り入れの終った稲株が白く立ち枯れている。風が冷たい。

二階、二〇五号室、表札を確認して、マメちゃんが壁のボタンを押す。扉が開き、植田の妻、多佳江《たかえ》が顔を出した。多佳江には我々の訪問を事前に連絡してあった。

玄関横、窓のない畳敷きの六畳間、植田の書斎らしく、壁面は本で埋まっている。座り机の上は資料や書きかけの原稿でいっぱいだ。

多佳江は押入れから座ぶとんを出し、我々に勧めた。

「このたびはえらい大変なことで」

マメちゃんが頭を下げた。

「いえ……」

多佳江の沈痛な面持ち。時おり、ふっと小さなため息が洩《も》れる。

「あの……お子さんは」私が訊いた。

多佳江はほつれた髪を指で払い、

「娘がひとり……奥の部屋にいます」

「おいくつです」

「十六。高校一年です」

「お通夜、どこですか」

「近くの常念寺《じょうねんじ》というところです」

意味のないやりとりをしながら、私は本題に入るタイミングを計っている。ついきのう死んだばかりの植田の妻から事情を聞くなどしたくもないが、こいつは命令だから仕方ない。私とマメちゃんが箕面の文科大で植田と一度面談したというただそれだけの理由だった。

「奥さん……」

膝《ひざ》を揃え、姿勢を改めた。「最近のご主人に何か変わったようすはなかったですか」

「変わったようす？」

多佳江は腫《は》れぼったい眼で私を見た。

「いいにくいけど、ここははっきりいいますわ。……ご主人、自殺しはったみたいなんです」

「自殺？　そんな話、私、誰からも聞いてません」

「実は……」

私は植田のダイビングについて説明した。

「そんなはずありません。あの人が自殺するやて考えられません」

多佳江は強く否定した。

「浅川教授の死によって、ご主人が何らかの精神的負担を感じたというようなことはありませんか」

「それは、ないとはいえません。先生が亡くなられたあと、教室をどう運営して行くか、あの人なりに考えてはいたようですけど」

「最近のご主人の行動、教えてもらえませんか。そう、ここ十日間ほどで結構です」

「それ、どういった意味です」

「いや、他意はありません。こうやっていろんなことを訊《き》くのが私らの仕事です」

「分りました」

多佳江はうなずいた。「植田、朝はだいたい七時に家を出ます。帰りは、調査現場へ行った日は少し遅くて九時ごろ。その他の日は、七時か八時には帰宅してました」

「十一月一日はどないでした」

「普段といっしょです。夕食を摂《と》って、早くから書斎に引きこもってました」

「失礼ですけど、寝はったんは」

「いつも、十一時ごろには床に入ります」

植田のアリバイは完全である。多佳江の表情と口調に嘘はない。

「話は変わりますけど、奥さん」

しばらくおとなしかったマメちゃんが口を開いた。「来年の春、浅川教授が文科大を辞めること、ご主人から聞いてはりましたか」

「……ええ」多佳江は曖昧《あいまい》にうなずいた。

「そのことについて、ご主人、何かいうてはりましたか」

「いえ、別に……」

答えた多佳江の口調に歯切れのわるさを感じた。直属の上司が退職するというのに、夫が妻に対して何の感想も洩らさないはずがない——と思いつつも、私は、

「しつこいようやけど、もういっぺんお訊《たず》ねします。ご主人の自殺について何か心あたりは」

「ありません。絶対にありません。植田、そんな弱い性格ではありません。私が……私がいちばんよう知ってます」

多佳江は唇をかみしめた。拳《こぶし》を両膝にあて、上半身をまっすぐ伸ばしている。仕事柄、被害者の遺族に会うことは何度もあるが、この多佳江のように気張った姿勢を貫く女性は珍しい。

理が情に克《か》っている、そう思った。

「ま、そんなわけで、植田の自殺はなさそうですわ」

「かというて、単なる事故とみるにはもひとつ腑《ふ》に落ちんとこもあります」

夕方、私とマメちゃんは帳場に帰着した。宮元のデスクの前に立って報告をする。

宮元は書類に眼を落としたまま顔を上げない。髪のほとんどない頭頂部、脂ぎった地肌が日に灼《や》けてつやつやしている。宮元の隣のデスクには服部がいて、我々の報告に聞き耳を立てている。

「いずれにせよ、不自然な死に方ではあるな」

ファイルを閉じて、宮元がいった。「植田、浅川の死を苦にしてたてなことは考えられんか。例えば、研究室における自分の将来を悲観したとか」

「それはないと思います。植田、嘱託ですから、そう大した責任もあらへんやろし……」

「こいつは攻め方が難しいぞ」

「ほんま、班長のいわはるとおりですわ」

ふいに、服部が横から口を出した。腕を組み、眉《まゆ》をひそめて、「浅川、植田、たった一週間のうちに同じ研究室の二人の人間が死んだ……実に奇々怪々、面妖《めんよう》な事件です」

例によって内容のないことをいう。

「浅川の足取り、どこまで摑《つか》めてますの」服部に訊いた。

「今のとこ、一日の晩、九時半までは判明しとる」

――浅川は五時三十分、研究室を出て教授室に戻った。

五時四十分、ショルダーバッグを肩にかけ、傘をさして校門を出たところを学生が見ている。

五時五十分、小野原《おのはら》のバス停近くでタクシーを拾った。北大阪急行、千里中央《せんりちゅうおう》駅へ。

七時、梅田、新阪急《はんきゅう》ホテルのコーヒーパーラーで、佐久間《さくま》文化財土木工業所（堺《さかい》市《し》）の社長、佐久間博《ひろし》に会う。同工業所は、作業員六十人を抱える文化財発掘の専門会社で、竹渕遺跡及び甲田遺跡の調査員はすべてここから派遣されている。

八時、ホテル地下の割烹《かっぽう》店で食事をしたあと、浅川と佐久間は曽根崎新地《そねざきしんち》へ。新地本通りのクラブ、エチュードに入店。

九時二十分、浅川は席を立って、電話。席に戻って佐久間に、――岐阜のホテルに電話をした。今村君に、学会のようすを聞いた――といった。

九時三十分、エチュードを出た。浅川は、人に会う約束があるといい、東映会館前で佐久間と別れた。以後の消息、不明。飲み足りない佐久間は近くのスナック、ルージュへ行き、そこに十二時までいた――。

「わし思うに、この事件はやな……」

と、服部があごを突き出したところへ、電話。宮元が受話器をとった。

「はい、捜査本部。――ああ、それで。――な、何ですて。――すんません、手数かけました」

宮元は受話器を置いた。椅子を引いて立ち上る。

「みんな、聞け」

部屋にいる七人の捜査員をひとりずつ見た。「今、科捜研から報告があった。浅川の気管に詰まってた泥は甲田遺跡で採取されたものと一致した」

　ほう——低いざわめき。

「浅川は甲田で殺された。これから全員で訊《きき》込みや」

　私は壁の時計に眼をやった。午後五時二十分、富田林の甲田遺跡へは車で四十分。六時過ぎから附近の訊込みである。

「な、マメちゃん」

　肘《ひじ》をついた。「今日は帰れそうにもないで」

「ほんまにね。科捜研のおっさん、つまらんときに電話をしてきよる」

「甲田の土、わしらが拾たんや。身から出た錆《さび》、文句をいえた義理やない」

　私は自分のデスクに戻り、コートを手にとった。部屋を出ようとして、

「黒さん」

　宮元に呼び止められた。

「何です」

「おまえ、マメちゃんといっしょに、発掘主任の余沢の家へ行ってくれ。一日の夜の現場の状況と、どこに泥水がたまってたかを訊いて、それを見やすい図面にするんや」

「了解。余沢の家、どこでしたかな」

「奈良や。奈良の王寺《おうじ》。車、借りて行け」

聞いて、思わず膝《ひざ》が折れた。富田林より何倍も遠い。

弓削《ゆげ》の八尾南署から外環状線をまっすぐ南へ下って、松原入口から西名阪《にしめいはん》自動車道に入った。香芝《かしば》で降りて、側道を東へ二キロ、上牧町《かんまきちょう》の桜ヶ丘《さくらがおか》二丁目に余沢清の自宅はある。

附近は造成されて間もない住宅地らしく、ところどころに五十坪ほどの空地が残っている。家はどれも新しく、生垣がまだ疎《まば》らだ。

マメちゃんは公園横の地区案内板の前にコロナを停《と》めた。街灯の明かりでよく見える。余沢の家は公園のすぐ裏手だった――。

余沢は家にいた。ふいに訪れた我々を迷惑がるふうもなく、先に立って応接間に入った。

「なかなか立派なお家《うち》ですな」

安っぽい合成レザー張りのソファに坐《すわ》って、マメちゃんがいった。壁はラメ入りの布クロス、天井は中央が一段深く切り込まれていて、そこに派手なシャンデリアがおさまっている。五つのランプはバラの蕾《つぼみ》、金具は枝を模している。かなり趣味がわるい。

「ローンですよ、ローン。給料のほとんどを持って行かれます」

余沢はまんざらでもなさそうに応じる。家の中だというのに、セーターの上にウィンドブレーカーをはおっている。暖房費節約、ローンの重圧だろうか。

「余沢さん、食事は」

「食べました、とっくに」

「風呂《ふろ》は」

「入りました。……どうしてそんなことを」

「その服ですがな」

マメちゃんは笑う。「どこかお出かけかなと思いました」

「あ、これ……ついさっきまで庭木に水をやってたんです」

余沢はウインドブレーカーを脱いだ。「で、ご用は」

「あの、地図が欲しいんです。甲田遺跡の地図」

「それだったら、明日《あした》、現場事務所に来てくれたら……」

「急《せ》いてますねん。それに、二、三お訊《き》きしたいこともあるし」

「地図を何にお使いです」

「すんません、理由は……」マメちゃんは頭を下げた。

「捜査上の秘密ですか」

余沢は気分を害したようすもなく、「お待ち下さい」

立って部屋を出て行き、ほどなくして戻って来た。巻いた大きな紙を持っている。

余沢はテーブル上に紙を広げた。遺跡の平面図だった。右上にＰＬ１、甲田遺跡地形図とある。等高線。昔、地理の授業で習った。

「こんなんと違《ちご》て、発掘の現況が分るような地図ありませんか」

「あります、もちろん」

余沢は地図をめくった。二枚め、ＰＬ２、遺構全体図とある。ほぼ全面に不定形の小さな輪、ミミズがのたくったような幅の狭い平行線、それらが幾重にも重なって何が何やら意味不明。素人には読み取りができない。

「これ、いつの図面です」私が訊いた。

「十月中旬です。現状とそう変わりはないでしょう」

「現場事務所、どこです」

「ここです」

余沢は図面の左下隅、白い部分を指で押さえた。

「ほな、櫓《やぐら》はこのあたりですな」

「いや、今はここです。あれは下にキャスターが付いているから、何人かで押せば移動ができるようになってます」

「妙なこと訊くようですけど」

マメちゃんがいった。「雨が降った時、いちばん水のたまりやすいのはどこです」

「確かに奇妙な質問ですね」

余沢はちらっとマメちゃんを見て、「そりゃあ、深く掘ったところは多かれ少なかれそうなります」

「その、深いとこ、教えてもらえませんか」

マメちゃんは赤のサインペンを手にした。余沢の指摘する箇所を丸く囲んでいく。

「しかし、なぜこんなことをするんです」

「すんません、それも、ちょっと……」

「いえない、というわけですか」

余沢は脚を組んだ。「これはどうも植田君の死に関係がありそうだな」

「かもしれません」

マメちゃんはサインペンをしまった。少し間をおいて、「十一月二日の朝、現場で土が崩れてるようなとこなかったですか。……そう、水溜《みずたま》りが泥で濁ってるとか、そのまわりに足跡がいっぱいついてるとか」

「そういえば、調査員から報告がありました」

「えっ、ほんまですか」

「現場南東隅のG13スクウェアの一部が荒らされて、土器が踏み割られていました。

雨を利して盗みに入った者がいるようです」

「何か盗《と》られたんですか」

「これといったものは何も……」

「足跡はどうでした」

「多少ついてはいたようですが、調査員が元に復しました」

「あ痛《いた》。もうちょっと早《はよ》うに気がついてたらなあ」

「どういうことです」

「いや、別に。余沢さん、植田さんをよう知ってはりますな」

「そりゃあ、五年前までは同じ文科大の考古学研究室にいたんですから」

「植田さんにはどんな印象を持ってはります」

「有能でしたね」

余沢は即答した。「磊落《らいらく》そうに見えて、その実、繊細な感覚の持ち主です。細やかな気配りができる。だから人望がある。浅川教室の総務、予算管理など、実質的な運営面は彼が担っていたんじゃないかな」

「そういうの、今村助教授の仕事やないんですか」

「彼はおぼっちゃんだから」

余沢は声を落とした。「そういった実務は苦手です」

「その、おぼっちゃんというのは」

「今村君は浅川教授のお気に入りですよ。若くして助教授になった、いわばプリンスです」

「それは、浅川教授の娘さんと結婚しはったから？」

「よくご存じですね」

「植田さんに聞きました」

「今村君は、煩瑣《はんさ》なルーティンワークはみんな植田君におっかぶせていたんです。浅川先生があんなことになった上に植田君が亡くなって、今村君も大変でしょう」

「浅川教室のＯＢとして、余沢さんも力添えせなあきませんね」

「そう、そのつもりです」

　余沢は唇の端で笑う。そこで会話が途切れた。

たばこが吸いたくなった。部屋に灰皿はない。私はマメちゃんを見た。帰ろうという合図である。

　マメちゃんはうなずいて、余沢の方に向き直った。

「余沢さん」

「はあ」

「考古学、おもしろいですか」

またまた、何をいいだすんや。帰られへんやないか。

「そりゃあ、おもしろいですよ。子供の頃からずっと興味を持ってました」

「余沢さん思うに、古墳なんかを発掘していちばんの発見は何ですか……血湧き肉躍るような大発見は」

「そうですね、一概にはいえませんね……」

余沢は腕を組んで考え込み、「高松塚《たかまつづか》の壁画、稲荷山《いなりやま》古墳の鉄剣銘、大阪藤井寺《ふじいでら》の修羅、藤ノ《ふじの》木《き》古墳の馬具、阿武山《あぶやま》古墳の夾紵棺《きょうちょかん》と、重要な発見はいくらもありますが、ぼくの個人的な意見では、やはり墓誌でしょうね」

「ボシ？　何です、それ」

「被葬者の名前を彫った銅板とか石板です。墓誌を発見することによって被葬者を確定することができます。例えば、あの阿武山古墳にしても、大織冠《たいしょっかん》や玉枕《ぎょくちん》を復元して、やっと被葬者が藤原鎌足《ふじわらのかまたり》であろうと推定されたんです。墓誌があれば、確実な比定ができます」

「墓誌が見つかった例、ありますか」

「最近では奈良市の此瀬町《このせちょう》で太安万侶《おおのやすまろ》の墓誌が発見されました」

「そういや、そんなニュースありましたな。太安万侶いうたら土《と》佐《さ》日記を書いたおっさんや」

「あれは紀貫之《きのつらゆき》」

「あ、そうや。太安万侶は万葉集《まんようしゅう》やった」

もうええ、喋《しゃべ》るな――私まで同類だと思われる。

「墓誌はね」

余沢はもうマメちゃんの間違いを訂正せず、「買地券として使用されることもあるんです」

「バイチケン……名古屋でっか」

「それは愛知県。買地券は石板がほとんどで、羨道《せんどう》の真中あたりに埋め込まれてる例が多いんですが、その文面は、この附近の土地はどこの誰それが神様から買い取ったぞ、と主張するものです。そして、その代価としてそばに大量の銅銭などを置いてます」

「セコいやつや。骨になってもまだ所有権を主張しよる」

「死後の安住の地を確保したいんですよ」

「ほな、天皇陵から墓誌や買地券が見つかったら、こらほんまの大ニュースになりますがな」

「買地券や銅銭はともかく、墓誌については、可能性があるかもしれません」

「余沢さんは卑弥呼《ひみこ》を知ってはりますな」

「知ってます。もちろん」

「奈良や北九州《きたきゅうしゅう》あたりの墳墓を発掘して、卑弥呼の墓が発見されるようなこと考えられませんか」

「そういう偶然、絶対にないとはいえませんね」

「もしそうなったら、あの邪馬台国《やまたいこく》論争に決着がつきますがな。日本史の教科書、書き換えなあかん」

「決着とまではいえないが、有力な資料にはなるでしょ」

「えらい慎重なご意見ですな」

マメちゃんは短い脚を組む。靴下がずり落ちて毛脛《けずね》が見えている。

余沢はにやっとして、

「卑弥呼というのは、姫御子《ひめみこ》の略で、当時の日本の普通名詞、あるいは尊称だったと、ぼくは考えています。つまり、ほんとは『卑弥呼何がし』という名前があり、この何がしという固有名詞が抜け落ちて、ただの卑弥呼になってしまった。魏志倭人伝《ぎしわじんでん》の卑弥呼は個人の名称じゃなく、『邪馬台国の統治者』という捉《とら》え方をするのがいいんじゃないでしょうか。だから、仮に卑弥呼の墓が発見されても、それを直ちに邪馬台国と結びつけるのは少なからず危険ではあるということなんです」

「それやったら、日本中に卑弥呼がおったんですか」

「そこまで極論するのはどうかと思うけど、いわゆる『邪馬台国の卑弥呼』に比定しうる人物は大和《やまと》にもいました」

「誰です」

「倭迹迹日百襲姫命《やまとととひももそひめのみこと》がそうです。孝霊《こうれい》天皇の皇女です」

「神功《じんぐう》皇后いうのはどないですの。ぼく、卑弥呼は神功皇后であると、どこぞで聞いた憶《おぼ》えがありますわ」

「お話としてはおもしろいけど、たぶん、神功皇后は実在しなかったでしょう。政治とか宗教を司《つかさど》る女性統治者がいて、そのひとりを神功皇后と呼んだのなら、卑弥呼と神功伝説を結びつけるのはそう強引すぎるとも思いませんがね」

「その、ヤマトの姫さんはどないです。実在したんですか」

「それは何ともいえません。……奈良の山辺《やまのべ》の道に箸墓《はしはか》という日本で最初期の前方後円墳があるんですが、この被葬者が倭迹迹日百襲姫といわれてます」

「ほな、その箸墓を発掘したらよろしいねん。疑問を疑問のままにしとくのは精神衛生上良うない」

「箸墓は陵墓参考地です」

「何ですの、それ」

「天皇、皇后、皇太后、太皇太后《たいこうたいごう》を葬るところを陵、他の皇族を葬るところを墓というんです。それと、被葬者を比定できないが、おそらく陵墓であろうと思われる墳墓を、陵墓参考地と呼ぶんです。陵墓と陵墓参考地は宮内庁の所管です」

「発掘することできんのですな」

「ええ」

「最近勉強したんですわ。浅川教授、発掘調査の推進論者やったんでしょ」

「誰がそんなことをいいました」

「いや、それは……」

「浅川さんはね、何が何でも陵墓の発掘をするべしと主張していたんじゃない。墳丘や濠《ほり》の正確な計測をし、そこに露出している埴輪《はにわ》や石材があればそれらを調べて、資料を公開するだけでも、どれだけ学問的に有意義なことかと、そんな提唱をしていたんです」

「なるほど、ほな阪和大学の花岡教授なんかはどういう考え方です」

「あの人はだめですな。こちこちの反対派だ」

「ぼくら、単純に考えて、調査できるとこはしたらええと思いますけどね」

「そのとおり」

余沢は深くうなずいた。「これは種々の異論があるところだけれど、古墳時代の天皇陵、つまり開化《かいか》から文武《もんむ》にいたる三十二の天皇陵のうち、現在考古学的にみて、その比定が完全に妥当とされているものはたった一つ、天智《てんじ》天皇陵だけです」

「何ですて……。ほな、あの仁徳天皇陵も？」

「妥当ではあるようだが、考古学的な決め手を欠きますね。仁徳天皇陵とか武烈《ぶれつ》天皇陵というのは便宜的に用いられている通称であって、必ずしも被葬者が当の天皇であるとはいえないんです。それに、より正確を期すなら、天皇という称号は飛鳥《あすか》時代以降のもので、これも適当ではない。五、六世紀ごろの最高首長は『おおきみ』といって、『大王』の字をあてていたんです」

「しかし、何でそんなややこしいことになったんです」

「天皇陵を比定したのは明治新政府です。当時、考古学はまだひとつの学問として形成されるに至っていなかった。また、万世一系的な『記・紀』の天皇系譜には、のちに創作してつけ加えられた架空の天皇や、その反対に存在を消された天皇もあったと考えられます。そんなふうに政治的に作られた天皇系譜に現実の墳墓をあてはめていけば、比定が混乱するのは当然だといえますね」

「へーえ」

マメちゃんはためいきをついた。「ぼくが今まで抱いてた古墳時代のイメージとは大きな差がありますわ」

「そのころの畿内《きない》は連合国家だったとぼくは考えてます。五世紀の大型前方後円墳は、応神《おうじん》天皇陵を中心とする河内の古市古墳群、仁徳天皇陵を中心とする和泉《いずみ》の百舌鳥《もず》古墳群、大和北部の佐紀《さき》古墳群、大和西部の馬見《まみ》古墳群と四つの勢力分布を推定することができるんですよ。この時期の大王はひとつの王家の世襲ではなく、連合する複数の王家の中から交互に選ばれていた可能性が大きい」

——と、そこへ小さく電話の音。奥の部屋らしい。

余沢が顔をそちらに向けた。

「この辺で失礼します。これ、いただいて帰ります」

図面を巻いて、立ち上った。余沢は我々を送ろうともせず、ソファに腰を下ろしたまま小さく手を上げた。

6

外へ出た。車に乗る。車内は冷えきっていた。

「このあほたん、いつまで喋《しゃべ》ってるつもりや。残業手当出えへんのやぞ」

「黒さんがいらいらしてるの、よう分りましたわ」

マメちゃんはエンジンをかけた。走りだす。三十メートルほど行って、停《と》まった。

「どないした。まだお勉強が足りんのか」

「気になることがあるんですわ。余沢、ぼくらに嘘をつきよったんです」

「嘘？　どんな嘘や」

「余沢、庭の水やりをしてたとかいうてましたやろ。あれ、嘘ですがな。ぼく、玄関を出て庭の木を見たけど、どれも濡《ぬ》れてません。余沢がウインドブレーカーを着てたんは、どこかへ出かけるつもりやったんです」

「それで、飯や風呂《ふろ》のこと訊《き》いたんか」

「そう。このくそ寒いのに、風呂上りで水やりするような酔狂な人間、どこにいてます。風邪ひきますがな」

「そういや、あいつ、湯上りの顔ではなかったな」

「ぼく、時間稼ぎをしたんですわ。あんなふうに退屈な話を聞きながら、余沢のようすを見てました。あいつがもし出かけるんやったら、時間を気にするはずです。ぼくらに早《はよ》う帰って欲しいはずです」

「それで茶の一杯も出えへんかったんか」

「あの部屋寒いのに、いつまでもストーブをつけんかったでしょ。それに、あの電話の音が聞こえた時、余沢、ぴくんとしてましたがな」

「よう観察しとるな。油断も隙もない」

「それ、誉めてるんですか、貶《けな》してるんですか」

「両方や」

「ここでしばらくようすを見ませんか。ぼく、余沢が出て来るような気がします」

マメちゃんはコロナを左に寄せ、ライトを消した。

「けど、こんなことして何になる。ほんまに余沢が出て来たら、マメちゃんどないするつもりや」

「さあ、どないしましょ」

「あほらしい。帰ろ」

「二十分。いや、十分だけ待ちましょうな。ぼく、余沢の嘘を確かめたいんです」

「勝手にせい」

私は振り返った。リアウインド越しに余沢家が見える。ガレージにはシャッターが下りている。

私はたばこに火を点《つ》けた。深く吸い込み、ゆっくり吐く。胸の奥がジンとする。

「余沢、今村に好印象を持ってないみたいやな」

「けっこう辛辣《しんらつ》なこというてましたがな」

「おぼっちゃん、か……」

「浅川教室の内情、もっと調べる必要ありまっせ」

「ふむ……」

――たばこを二本灰にした。三本めを咥《くわ》えた時、

「黒さん、お待ちかね」

余沢の細い体がルームミラーに入った。黒のウインドブレーカー、グレーのスラックス、さっきと同じ格好だ。

余沢はガレージのシャッターを上げ、中に入った。

ライト。車が出て来た。ベージュのアコードだった。

「どないするんや」

「尾《つ》けましょ。そのために待っとったんです」

「何たる展開や」

私とマメちゃんはシートに蹲《うずくま》った。白い光がウインドを薙《な》ぎ、そして暗くなった。

起き上った。アコードは三十メートルほど先の広い通りを左に曲るところだった。

マメちゃんはライトを点け、発進した。

アコードは西名阪自動車道の側道を西へ向かう。二十メートルの間隔を保ってマメちゃんは追う。他に車はいない。余沢は香芝インターを目指しているようだ。

「もう九時でっせ。あいつ、こんな遅うからどこへ行くねやろ」

「麻雀《マージャン》や、麻雀。メンバー足らんいうてお呼びがかかってたんや」

「それやったら、ぼくらに嘘つかんでもよろしい」

「ほな、飲みに行くんや。わしら、いちおうは警察官やし、飲酒運転を咎《とが》められると思たんや」

「なるほど。そういう考え方もありますな」

「そやろ。さ、分ったらまっすぐ帰ろ。こんなこと、時間の無駄や」

「黒さんは飲みに行く時、あんな薄汚いウィンドブレーカー着ますか」

「それは、な……」

「車で行くんやったら、セーターだけで上等ですがな。ここはひとつ、ぼくの好きにさせて下さい」

「あーあ、何の因果でこんなマメな相棒と組んだんやろ」

肚《はら》を決めた。

アコードは香芝から西名阪自動車道に入った。下り線だ。

本線に合流、マメちゃんは加速する。アコードは二台の乗用車を挟んでその前にいる。テールランプから眼を離さない。

郡山《こおりやま》出口、アコードは指示器を点滅させ、速度を緩めた。マメちゃんは乗用車を抜き、すぐ後ろにつけた。

料金所、余沢は金を払った。我々の存在に気づいたようすはまったくない。

国道二四号をアコードは南へ。つかず離れず追走する。

「これ、ずっと行ったら、どこや」

「橿原《かしはら》から高取町《たかとりちょう》です」

「その先は」

「十津川《とつかわ》です」

「もっと先は」

「潮岬《しおのみさき》」

「灯台見物かい」

――郡山出口から二キロ、緩い登り坂にさしかかってノッキングした。

「どないした」

「おかしいな。アクセル踏むのに吹き上らへん」

「のろのろしてたら置いてかれるぞ」

その途端、エンジン音が止んだ。

「アチャー」

マメちゃんはハザードランプを点けた。そのまま惰性で左に寄る。ガードレールに沿わせてコロナを停めた。

「分った、原因が分った」

「何や」

「ガス欠です。この車、ウォーニングランプが壊れとるんです」

「あほ、ぼけなす、臍《へそ》かんで死ね」

「しんどい。体がだるい。風邪ひいたみたいや」

「ぼくもです」

「ぼくはそんなことという資格ない」

八尾南署前の喫茶店、私はテーブル上の紙ナプキンを抜いて洟《はな》をかんだ。思い出せばまた腹が立つ。

——気が狂いそうだった。マメちゃんは車外に出て、走って来る車に手を振り続けた。誰も停《と》まってくれない。当然だ。ミニスカートの女の子ならまだしも、ずんぐりむっくりのむくつけき男、乗せたところで何の期待するところがない。下手をすれば刃物をちらつかせるおそれもある。

　車内で待つ私も辛《つら》い。ヒーターが切れてどうしようもなく寒い。体の芯《しん》から冷える。動かない車はただの鉄の箱だと思い知った。

　二十分そうして、マメちゃんはようやくタクシーを捕まえた。帰庫途中だというのをなだめすかしてドアを開けさせたら、今度はマメちゃん、金がないという。情ない。私はなけなしの一万円を提供した。

　ガソリン入りのポリタンクを提げてマメちゃんが戻って来たのは三十分後だった。私はもう怒る気力すらなく、ただ黙って震えていた——。

「わしゃ、あかん。どこぞ病院へ寄るぞ」

「天王寺に市大病院がありますわ」

　朝、帳場に出て、図面を宮元に渡した。今日は文科大へ行って植田の足取りを再確認せよ、宮元はそういったが、そんなもの急ぐ必要はない。

「よっしゃ、行こか」

　腰を浮かせた時、ドアが開いた。入って来たのは、沢居と山上だった。

「何や黒さん、またサボッとるな」

「そういう沢やん、何しに来たんや」

「知れたこと、しばし心のオアシスを求めんがためや」

「おまえ、一日中オアシスやないか」

「おまえにいわれたら世話ないわ」

　沢居と山上は我々の隣の席に坐《すわ》った。モーニングサービスを注文する。

「ところで、きのうはどないやった。甲田へ行ったんやろ」沢居に訊《き》いた。

「あかんな。みんなで手分けして遺跡のまわりの家をまわったけど、収穫はまるでなし。そらそうやろ、十一月の一日いうたらもう一週間も前や。あの雨の夜に遺跡を覗《のぞ》いとるような物好き、どこにおる」

「浅川の革靴やバッグ、捜したんか」

「もちろんや。現場事務所、倉庫、発掘現場、附近の道路から下水までしらみつぶしに捜したけど、どこにもなかった」

「膠着《こうちゃく》状態やな」

「第一犯行現場が特定できたんやし、ぼちくら構えとったら、いずれどこからか手掛かりは出て来よるやろ。瓢箪《ひょうたん》から駒や」

「沢やん、おまえ長生きするわ」

「何でや」

「何となくそう思た」

私は伝票を摑《つか》んで立ち上った。


天王寺駅、改札を出た。

「どこや、市大病院」

「天王寺公園の南向かい。歩いて十分です」

「早《はよ》う行こ。ぞくぞくしてきた」頭も痛い。

歩道橋の中央まで来て、

「どの階段降りるんや」

振りかえったら、マメちゃんがいない。附近に見当らない。

どこまで世話焼かすんや、一分待って、ひとり市大病院に向かった。

寒い。ヒーターが効かない。スイッチをひねっても手応えがない。ドアを開けようとノブを探す。息苦しい。ノック。ウインドを誰かが叩《たた》いている。手が見えない。また、ノック。

――眼が覚めた。蛍光灯が眩《まぶ》しい。

こたつから這《は》い出して玄関へ行った。

「どなた」

「ぼくです」

聞きたくない声だった。

錠を外した。ドアが開く。

「何や黒さん。ウサギの眼してまっせ」

「居眠りしてもうた」

「こたつで寝てたんでしょ。あれ、体にわるいんでっせ」

マメちゃんは私の横をすり抜けて中に入った。キッチンの冷蔵庫を開ける。

「ビールしかおませんな」

「嫌なら飲むな」

マメちゃんは缶ビールを四本持って来た。こたつに入る。

「何時や」

「十時です」

「もうそんな時間か」

テレビをつけようとして、やめた。アンテナが壊れてほとんど画像が映らない。

「まだ寝惚《ねぼ》けてるみたいでっせ」

「おまえ、今日はどこに消えた」

「それを報告しよ思て寄ったんです」

「わし、帳場へ帰って、バテレンにどないいうたと思う」

「適当にごまかしてくれたんでしょ」

「まあ、な」

――市大病院にマメちゃんは来なかった。診察を受け、薬をもらったあと、私は箕面の文科大へ行き、今村、榎本、高橋、片岡、秦野から個別に事情を聴取し、植田の足取りを再確認した。最近の彼のようすも聞いた。ふさぎ込んだり、思いつめたりするふうもなく、これといった情報はなかった。

午後六時、八尾南署に帰着、マメちゃんは帳場にいなかった。

「マメちゃん、どないした」宮元に訊かれた。「あいつ、風邪ひいて熱があるんです。文科大から千里ニュータウンはすぐ近くやし、そのまま帰るようにいいました」私はそう答えた。宮元は黙ってうなずいた——。

「ぼく、消えたんやおませんで。はぐれたんです。天王寺駅の構内歩いてたら、売店の新聞が眼についたんです。滋賀県大津《おおつ》市で梵鐘鋳造《ぼんしょうちゅうぞう》遺跡発掘。こら何かの足しになるんやないかと思て買いに走ったんです。ついでにスポーツ新聞選んでたら、黒さんどこにもいてへん」

「おまえ、まるっきり子供やな。そういうの、チンドン徘徊《はいかい》症というんや」

「何ですの、それ」

「昔はようおったやろ。チンドン屋のあとをどこまでもついて行って、いつの間にやら迷子になってしまうやつ。日は暮れる、腹は減るしで、わんわん泣きだすんや。そんなガキに限って、いつも青洟《あおばな》たらしとる」

「ぼく、洟はたらしてませんで。おねしょはしたけど」

「新聞買《こ》うてからどないした、え」

私は缶ビールのプルタブを引いた。そのまま飲む。

マメちゃんも口をつけて、

「ぼく、余沢の家に電話したんです。きのうのことが気になったから」

「誰が出た」

「奥さんです。余沢、家に帰ってません」

甲田の現場へ行く、余沢はそういって家を出た。そんなふうにふいに外出して、何日も発掘現場に泊まり込むことが余沢にはよくある。余沢の妻は十二時まで待ち、就寝した。

「甲田遺跡へ行くはずの余沢が西名阪自動車道を反対方向に走った。こいつは怪《け》しからんな」

「まだあります。余沢、今日は甲田に顔を出してません」

「そらもひとつ怪しからん。現場の連中はどないいうてるんや」

「余沢、きのうの帰り際、今日は都合で休むかもしれんというてたそうです」

「で、その言葉どおり、お休みしはった。……今、家には」

「いてません。奥さん、だんなは現場におると思てます」

「ほな何かい、余沢はきのうの晩以来、行方不明やないか」

「そういうこと。くそったれ、ガス欠になりさえせなんだら……」

「いうな。情のうなる」

私はビールを飲みほして、「余沢をひっつかまえて事情を訊くんや。ことと次第によってはただでは済まさん」

二本めの缶ビールを開けた。マメちゃんもそうした。

「ぼく、黒さんにはわるいと思たけど、天王寺から姫路《ひめじ》へ行きました」

「姫路……城見物か」

「手柄山《てがらやま》公園の近くに江《え》阪満正《さかみつまさ》の家があるんです」

「江阪満正……何者や」

「評論家ですわ。遺跡や文化財関係の」

「そういや、どこぞで聞いたことのある名前や」

「関西考古学界の仇敵《きゅうてき》、岡本と山根、その確執と策謀。憶《おぼ》えてませんか」

「分った。『創造』のあの記事書いたおっさんや」

「ぼく、余沢のこと調べよ思て、毎日の八田さんに電話したんです」

八田は去年まで府警記者クラブに詰めていた。今は府の教育委員会を担当している。

「八田さん、江阪満正を紹介してくれました。江阪氏、年は七十五、大阪考古学研究所の前所長ですわ」

「山根研一郎の前任というわけやな」

「余沢や浅川のこと、よう知ってましたわ」

「評論家いうたら、書いたり喋《しゃべ》ったりするのが商売やろ。タダで話を聞けたんか」

「もちろん聞きましたがな。そのために、ぼくら印籠をもってますんやで」

「講釈はええ。結果は」

「正解、大正解。余沢、虫も殺さんような顔して、けっこうやることやってまっせ」

「ほう。どんな」

「黒さん、明日香《あすか》の獅子《しし》塚《づか》古墳て、知ってはりますか」

「知ってる。高松塚と同じような壁画が発見されたとかいうてえらい騒ぎになった古墳やろ」

「そう。横穴式石室の玄室部にみごとな彩色壁画が描かれてました」

「わし、あのガメラの絵、まだ憶えてるで。亀が口から火を噴いてたがな」

「何たる無知《むち》蒙昧《もうまい》。あれは玄武《げんぶ》いうて、四神《しじん》図のひとつです」

「おう、おう、ちょいと評論家に会《お》うただけでえらいお利口さんになりはって。ほいで、その獅子塚古墳がどないした」

「あの古墳はね、江戸時代は天皇陵とみなされてたんです。それが明治になって、陵墓でなくなった。宮内庁の所管を離れたんです」

「それで発掘したんやな」

「いや、それがちょっとわけありですねん。いわゆる普通の古墳は、地主の発掘承諾書さえもろたら自由に調査できるんやけど、獅子塚の場合、以前は天皇陵とされてたから、明治以降も国有地として残った。そやから、研究者が勝手に立ち入ることできんのです」

「要するに、調査禁止ということか」

「ま、そういうこと」

「その獅子塚が何で発掘された」

「あの発掘調査はね、地元の農家のおっさんがたくあんの樽《たる》を貯蔵するための穴を掘ってて、切り石を見つけたんがそもそもの発端やったんです。おっさん、えらいこっちゃいうて、そのことを文科大の余沢に知らせた。そのころ、余沢は浅川研究室におったんです。で、聞いた余沢はそれを浅川に報告し、浅川は現地に飛んで獅子塚の本格調査を始めた」

「その結果が、あの大ニュースやったというわけやな。……けど何や、もひとつぴんと来んな。浅川と余沢が獅子塚を発掘した、そのことのどこがわけありやねん」

「よう考えて下さい。ここにどないしても調査したい古墳がある。その古墳は高松塚のすぐ近くにあって、築造年代も規模も似てる、盗掘された形跡もない。ということは、壁画等の発見される可能性が大である。にもかかわらず、その古墳は発掘禁止。国に発掘調査を願い出ても、許可が下りるのはいつのことやら分らん。ほな、どうやったらええのか。……どないしても緊急発掘せざるを得ん状況を作ろやないか、それも第三者を利用して、と、そう考えるのは自然の成り行きです」

「ほな何かい、そのたくあんのおっさんは」

「余沢の息のかかったアマチュアの考古学マニアですがな」

「余沢、おっさんに命令したんか、獅子塚を掘れと」

「たぶんそうですわ。獅子塚古墳のあたりを掘ったら、きっと石室にぶちあたるはずやと、ね」

「まるで仕掛人やな。そんなややこしい細工を弄《ろう》してまで発掘するメリット、どこにあるんや」

「大きな業績になりますがな。獅子塚古墳の調査責任者は浅川亮介、発掘主任は余沢清。浅川はまたひとつ勲章が増えるし、余沢は浅川に対して大きな貸しを作った。その結果が考古学研究所の副所長です」

「なるほどな。聞いて驚く新事実や」

「まだ、ありまっせ」

　マメちゃんは頭をひとかきして、「余沢、文科大考古学研究室の次期教授です。植田がなくなった今となっては、次は余沢しかおらんと、江阪氏はそう断言しました」

「ちょい待ち。今村はどないやねん」

「あれはまるであきません。浅川という後ろ盾があってこその助教授です。ただ浅川のひとり娘と結婚したというだけで、元々人望はないし、業績も大したことない。浅川が死んだ時点で、次の国史学科教授の最有力候補は植田俊孝、ひとつころんで余沢清というのが衆目の一致するところでした」

「何でそういうことになる。今村は助教授やで」

「助教授が必ずしも次期教授であるとは限りません。後がまを決めるべき責任者がいてへんのやから、国史学科教授決定は公募という形になります」

「公募になったら、今村のめはないということか」

「そう、そのとおり」

「要するに、浅川が生きてたら次は今村、死んだら植田と、こういうこっちゃな」

「どないです、黒さん」

　マメちゃんは私を見た。真剣な表情だ。「このあたりに浅川殺しの動機らしいもんがあるとは思いませんか」

「ある。確かにある」

　私は大きくうなずいた。「余沢のやつ、浅川が今村を次期教授として正式指名する前に、事故を装うて殺したんかもしれん。植田の死も、余沢がかんどる可能性がある」

「それだけに、余沢のきのうの行動が気になります」

「あのばかたれ、いったいどこにおるんや、どこに」

――と、そこへ電話。私は後ろに倒れ込み、受話器をとった。必要なものはすべて手の届く範囲内にある。

「黒木です」

「わしや」

特徴のあるかん高いしわがれ声は、服部だった。「すぐ帳場へ出てくれ」

「何ぞありましたか」

「余沢がおらんのや、余沢が。さっき奥さんから連絡があった。余沢、きのうの晩、家を出てから行方知れずらしい。黒さん、きのう会《お》うたんやろ」

「会いましたけど、わし帰ったん、九時前です」

尾行云々《うんぬん》はいわない。いって得することなどない。

「とにかく、詳しいことはあとや。早《はよ》う出てくれ」

「了解」

「あ、ちょっと待て。……マメちゃん知らんか」

「知りませんで」

ここにいるとはいえない。マメちゃんは風邪をひいて、家で寝ているのだ。

「おかしいな。よめはんに訊《き》いたら、まだ帰ってないとかいうてたけど」

「あの家庭、最近うまいこといってへんのですわ」

「そらおもろい。理由は何や」

「知れたこと、浮気ですがな」

「冗談やろ」

「冗談でこんなこといえますか」

「相手、誰や」

「さあ、そこまでは……」

「許さん。あの不細工な顔、寸詰まりの体で、くそ生意気や」

「これ、誰にもいうたらあきませんで。係長とわしだけの内緒ごとにしといて下さい」

電話を切った。振り向いて、

「おい、帳場へ行くぞ。余沢を捜すんや」

「奥さんが報《しら》せたんですな」

マメちゃんはこたつを出た。私は立ってジャケットに腕を通す。ネクタイはつけたままだ。縒《よ》れてクシャクシャになっている。

「ね、黒さん、さっきの内緒ごととかいうの何です」

「浮気や、浮気。もうすぐ離婚するかもしれん」

「だ、誰ですねん、それ」

マメちゃんの眼が輝く。

私はこたつのコンセントを抜いて、

「誰でもええやろ」

「冷たいな。黒さんとぼくの仲やないですか」

「そんなに聞きたいか」

「そら、そうですがな。他人の不幸とゴシップほど楽しいことあらへん」

「しゃあない、教えたろ」

声をひそめた。「バテレンや、バテレン」

えーっ、ほんまですかいな、マメちゃんは跳び上った。

「こらおもろい。めちゃんこおもろい。みんなにいいふらしたろ」

7

翌、十一月九日。私とマメちゃんは甲田遺跡へ行き、調査員たちから事情を聞いた。

彼らは、余沢の失跡理由にはまったく心あたりがないと、口をそろえていった。収穫は何もなかった。

現場事務所をあとにしたのが午後一時、マメちゃんは腹が減ったという。川西駅まで歩いて、近くのうどん屋ののれんをくぐった。

狭い店内はほぼ満員で、えんじ色の制服の女の子二人と相席になった。二人とも二十歳前後、銀行員らしく、胸にマーク入りの名札を付けている。私の隣のちょっとあごの尖《とが》った子がかわいい。長い髪を左手ですくいながら、手打ちの太い麺《めん》を二、三本ずつ口に運んでいる。こういう相席は決してわるくない。

「ぼく、鴨なんば」

いつもはきつねうどんしか食べないマメちゃんが見栄をはる。私も天ぷらうどんを注文した。

「ね、ね、黒さん」

マメちゃんはおしぼりを使いながら、「一日の晩、余沢は岐阜におった。こいつは少なからず興味深い事実ではありますな」

「今村といっしょに大垣のグランドホテルに泊まったとかいうてたな」

「今村には、一日の晩、浅川から電話が入った。……がしかし、余沢にはなかった」

「マメちゃん、おまえ……」

「今村はともかく、余沢はアリバイ工作が可能です。大阪から名神の大垣インターまでは百二十キロほどやし、車飛ばしたら一時間ちょっとの距離です。余沢、浅川を殺してからホテルに帰ったらよろしいねん」

殺し、とマメちゃんがいった時、相席の女の子が眉《まゆ》をひそめた。我々のやりとりを

聞いているようだ。マメちゃんもそれに気づいたらしく、にこっとして、

「あの、ぼくら、推理小説の話してますねん。赤川次《あかがわじ》郎《ろう》、好きですか」

隣の女の子に話しかけた。女の子は小さくうなずく。

「『セーラー服と機関銃』、あれ、おもしろかったですな。ぼく、薬師《やくし》丸《まる》ひろ子《こ》が……」

いいかけたところへ、うどんが来た。マメちゃんは箸《はし》を割り、肉をつまんだ。

「旨《うま》い。よう脂が乗ってます」

「それ、ほんまの鴨か」

「合鴨ですわ」

「鴨と合鴨とどう違うんや」

私も天ぷらうどんに口をつける。

「合鴨は鴨とアヒルの雑種ですわ」

「ほな、イノブタみたいなもんやな」

「何ですねん、それ」

「猪と豚の合いの子やないか」

「どんなんです」

「豚に大きな牙《きば》が生えとるんや」

「そら大変や。養豚場の柵《さく》破って逃げよる」

「要らん心配するな」

「イノブタか……いっぺんぼたん鍋《なべ》にして食うてみたいな」

　マメちゃんは箸をなめながらしばらく天井を睨《にら》んでいたが、やがて視線を戻して、

「黒さん」

「何や」

「ぼく、ええこと考えました。今晩あたり、温泉で鍋でもつつきませんか」

「温泉？　どこの」

「そうですな、長良《ながら》川《がわ》温泉はどないです」

　こやつ、また何か企《たくら》んでいる。


「しかし、こううまいこといくとは夢にも思わなんだな」

「ぼくの類《たぐい》まれなる説得力があったればこそでっせ」

　マメちゃんはハンドルに軽く手をそえ、たばこをくゆらしながら応じる。

　私はシートを一段倒して、

「要するに、口がうまいだけやないか」

「知ってますか、そういうのを世間では憎まれ口というんでっせ」

　うどん屋を出て、マメちゃんは帳場に電話を入れた。宮元に我々の大垣行きを要請

し、それを宮元はあっさり了承した。向こうに一泊してもいいとさえいう。実に予想外の展開だった。

で、私は天六のマンションに飛んで帰って着替えを用意し、マメちゃんは千里の自宅に戻って、車に乗って来た。さて、これから楽しいドライブ、久しぶりの温泉旅行というわけだ。男が二人、車は錆《さび》の浮いたカローラというのが難点ではあるが——。

吹田から名神高速道路に入った。京都を過ぎ、栗東《りっとう》にさしかかったあたりで日が暮れた。大垣のインターチェンジを降りたのは午後六時だった。国道二五八号を北へ向かう。

マメちゃんはカセットテープを何本も用意していて、それを次々にかけながら、世界の最新ミュージックシーンとやらを講釈する。私は興味がないので聞きたくもないが、無下に扱うと機嫌を損ねて運転を替われといいだすおそれがある。だから、文句はいわない。黙って前を眺めていると、まぶたが重くなってくる——。

「黒さん、着きましたで、黒さん」

揺り起こされた。車外が明るい。

「どこや、ここ」

「大垣グランドホテルです。さ、降りて下さい」

いわれて、眼をこすりながら降りた。そこはホテル正面の車寄せだった。

「えらい大きいな。思てたよりずっと大きい」

建物は白いタイル張りの十数階建、ほとんどの窓に明かりが入ってかなりの威容である。

ガラスの回転ドア、マメちゃんに続いて中に入った。

ロビーは広い。天井も高くて、空間に余裕がある。仰々しいシャンデリアなどなく、ダウンライトだけの照明が現代風だ。

マメちゃんはフロントに名刺を差し出した。少し待って、奥の支配人室に通された。ソファに二人並んで坐《すわ》る。たばこを咥《くわ》えた時にノック。コーヒーが来た。いいタイミングだ。

「なかなか洗練されてますやないか」

ウェイトレスが出て行くのを待って、マメちゃんがいう。

「ほんまやな。わしは地方の観光ホテルを想像してたけど、こらまるっきりのシティーホテルやで」

「黒さん、シティーホテルなんか泊まったことあるんですか」

「ある。何べんもある」

「どこです」

「まず、帝国や。次に、オークラ。ニューオータニも泊まったな」

「あほくさ。それ、みんな東京ですがな。見栄はらんとほんまのこといいなはれ。わしは従業員と顔合わさんと、直接部屋へ入れるようなシティーホテルしか泊まったことがないと」

「やかましい。わしゃ、こう見えてもな……」

そこへまたノック、男が現れた。年は五十前後、セルフレームの眼鏡、紺の三つ揃いに濃い緑のネクタイ、着こなしに隙がない。

男はバンケット（宴会）マネージャーの長浜《ながはま》と名乗り、ソファに腰を下ろした。簡単な挨拶《あいさつ》のあと、マメちゃんは長浜に事情を話し、十一月一日の宿泊者名簿から今村浩郎と余沢清の分を抽出してくれるよう頼んだ。長浜は卓上の電話をとり、フロントにその旨を指示した。

「長浜さん、一日の懇親パーティー、何時からでした」私が訊《き》いた。

「六時です。立食形式で、終了は八時でした」

「出席者数は」

「ご予約は八十名様をいただいておりました」

「パーティー出席者のうち、何人が宿泊しました」

「出席者名簿をいただいておりませんので正確には分りかねますが、約二十名様にお泊まりいただきました」

「チェックインのあと、外出する時、宿泊客はキーをフロントへ預けるんですか」

「特に決まりはございません。そのままお持ちになるお客様もいらっしゃいます」

長浜の話しぶりはゆったりとして、内容に無駄がない。

「ということは、いつ外出しようと帰って来ようと、客の出入りについてホテルは一切関知せんと、そう考えてよろしいんですな」

「端的に申して、そのとおりです」

そこへ、ノック。蝶《ちょう》ネクタイのフロントマンが二枚の紙を持って入って来た。長浜に手渡す。長浜は紙片を一瞥《いちべつ》し、私に差し出した。

「ステートメント（勘定書）の写しです」

受け取った。

一枚め、上段に——ルームナンバー、〇九一一。チェックイン、十一月一日。チェックアウト、十一月二日。名前、ヨザワ・キヨシ。

次に、明細。——ルーム、一五八〇〇。サービスチャージ、一五八〇。タックス、一二二〇。

と、以上だった。注目すべき点はない。

二枚め、イマムラ・コウロウ。——ルームナンバー、〇八二三。室料等は余沢と同じ。レフリジレイター、三四八〇。ルームサービス、一八〇〇、とある。

「この、レフ何とかいうの、何ですか」

「冷蔵庫です、部屋に備え付けの。中のビールとかおつまみをお出しになったんじゃないでしょうか」

「ルームサービスは」

「料金からみて、朝食でしょう。午前七時から十時まで承っております」

今村の動きが読めてくる。懇親パーティー終了後、部屋に戻ってアルコールを補充してから眠る。翌朝、ルームサービスの朝食を摂《と》って、そのあと、文科大の研究室から浅川死亡の報が入り、余沢の車に同乗して大阪へ向かったというわけだ。

「すんません、ちょっと」

マメちゃんが口をはさんだ。「余沢さん、車はどこに駐《と》めてました」

「車ではお越しになっていません」

「な、何ですて」

マメちゃんは眼をむく。長浜は表情を変えず、

「このステートメントには駐車印が押してございません。お客様の車は地下の駐車場に駐めていただくことになっていますから、駐車印がなければ外へは出られません」

これはどういうことだ。車で大垣へ来た余沢が、車をホテルに駐めていないとは……。

「そんなはずないんですけどね。何かの間違いやないですか」

　マメちゃんは食い下る。

「間違いはございません」

　きっぱりと長浜はいう。「盗難防止のため、駐車場出口で押印済みのステートメントを呈示しないことには絶対に外には出られないシステムになっているんです」

「ほな、車寄せとか、前庭に置いとくのは」

「午後十一時以降の駐車はご遠慮願っております」

「そうですか、ご遠慮をね……」

　いって、マメちゃんは頭の後ろに手をあてる。

「このホテルのそばに、駐車場、何軒くらいあります」私が訊いた。

「さあ、七、八ヵ所ですか」

「それ、あとで教えてもらえますか」

「はい、調べます」

「それと、もうひとつ。パーティーの出席者名簿、誰にいうたら手に入ります」

「岐阜大の考古学研究室に問い合わせてみて下さい。ご予約いただいたのは、そこの松井先生です」

「分りました。どうも」

腰を浮かせる。

「ちょっと、黒さん」

マメちゃんが引き止めた。「コーヒー、よばれましょうな」

「何のこっちゃ、え。目算どおりやったら、今ごろぼたん鍋《なべ》つつきながら、浴衣《ゆかた》がけで一杯やってるのと違うんか」

「仕方おませんがな。余沢のあほたんが妙な小細工しよったからこんなめにあうんです」

午後十時、私とマメちゃんは錦町界隈《にしきちょうかいわい》の駐車場を巡り歩いている。

――支配人室を出たあと、私は今村の自宅に電話を入れて、十一月二日の朝、余沢のアコードがどこにあったかを訊いた。

今村は浅川死亡を知り、余沢に大阪まで車に同乗させてくれと頼んだ。余沢は今村に、ロビーで待てといい、十分後、車を玄関前にまわして来た。だから、車は地下の駐車場にでも駐めていたのだろうと、そう答えた。

私は帳場に電話をした。宮元に事情を話し、余沢のアコードのナンバーを訊いた。

六十二年型、ベージュ、ナンバーは泉五の二五八三、宮元から回答を得た……と、そこまではよかった。よかったが、あのバテレン、こともあろうに、今日中に余沢が車を駐めた場所を割り出せとのたまった。あまりの情なさに、私は涙をこぼした——。

七軒め、露天の小さな駐車場、アコードが駐められた事実はなかった。

八軒め、これもダメ。

「こらマメ、わしゃしんどいぞ。だんだん腹が立ってきた」

「ぼくに怒るのは筋違いというもんでっせ」

「元はといえばおまえがわるい。温泉へ行くとかいう甘い口車に乗ったわしもあほやった。このくそ寒いのに何が悲しいてこんなくだらん訊《きき》込みをせんならんねん」

「どっちにせよ、余沢の足取りを追わないかんのです。それがぼくらに課せられたお仕事です」

「えらい悟りきったことというやないか。いつからそんなええ子ちゃんになった」

「ぼく、いつでもええ子ちゃんでっせ。日々克己《こっき》精励《せいれい》して市民のセキュリティー確保に全力を傾注しとるんです」

「そら、めでたい。おまえ、毎日が祭日やな」

「何ですねん、それ」

「国旗掲揚するんやろ」

憤懣《ふんまん》やるかたない。

「ね、黒さん」

「何じゃい」

「金津《かなづ》園《えん》て知ってますか」

「金津園……、球場か」

「へっへー、違います」

「ほな、何や」

「音に聞こえたソープランド街ですがな、岐阜の」

「マメちゃん！」

「おっ、急に声が変わりましたやおませんか」

「おまえ、ええ男やな。若いのにほんま人間ができてはる。……さ、行こか、その金津園」

「何いうてますねん。黒さん、ぼくは所帯持ちでっせ」

「あん？」

「ぼく、考えたんですわ。余沢がホテルに車を駐めんかったんは、夜中、金津園にでも行こと思たんかもしれませんで」

「こら、くそマメ、ペテンマメ」

マメちゃんの首に手をかけた。

堪忍、堪忍、冗談ですがな、マメちゃんはひょいと一回跳び上り、一目散に逃げ出した。

「ま、そういうわけで、結局のとこ、余沢がどこへ車を駐めたかは分りませんでした」

「たぶん、グランドホテル附近の路上やと思います」

「ほいで、その懇親パーティーの出席者から事情を聞いたんかい」

——十一月十日、捜査本部。宮元は組んだ両手を後頭部にあて、熱のこもらぬふうに応じる。

「朝一番、岐阜大へ行って出席者名簿をコピーしてもらいました。その中の十八人がグランドホテルの宿泊予約をとってたんで、近くの郵便局から全員に電話をしました」私が答えた。

「電話代、高《たこ》うついたやろ」

「宿泊代といっしょにあとで清算します」

昨夜、私とマメちゃんは大垣城近くのビジネスホテルに泊まった。ツインで七千二百円。グランドホテルに泊まる贅沢《ぜいたく》はしなかった。

「それで、結果はどないやった」

「十八人のうち、四人が余沢と面識がありました。余沢、パーティー会場を途中で抜け出してます」

「四人のうちひとりは……」

マメちゃんが補足する。「木山《きやま》いう和歌山大の講師ですけど、木山はトイレから出て来て、余沢が会場入口横のエスカレーターに乗るとこを目撃してます」

「それ、何時や」

「パーティーが始まって三十分。……六時半ごろやないかというてました」

「それ以降、余沢の姿を見た人間はおらへんのやな」

「いてません。パーティー会場は二階で、余沢が乗ったんは下りのエスカレーターです。余沢はそのままホテルの外へ出たと考えられます。いつ部屋に戻ったんかは分りません」

「今村の方はどないや。最後までパーティー会場におったんかい」

「おりました。木山のほかに六人の証言があります」

「なるほど。こいつは奇々怪々やで」

例によって、我々のやりとりを横で聞いていた服部が口をはさんだ。「余沢のやつ、大阪へ戻って来よったんや。……余沢は午後六時半にホテルを出て、近くの路上に駐めてあったアコードに乗った。二五八号を南へ走って大垣のインターに入ったんが六時五十分。吹田か豊中《とよなか》のインターを出て、遅くとも九時半には梅田に着く。そこで浅川に会い、彼を車に乗せて甲田遺跡へ連れて行ったら、ちょうど十時半ごろ。死亡推定時刻とぴったり一致するやないか、え」

　服部の話はいつもこの調子だ。私にいわせれば、思い込みがすぎる。創作といってもいい。がしかし、今回のこの推理はそうひどいものでもない。

「係長は、浅川は余沢に殺されたと考えはるんですな」

　マメちゃんがいった。

「ま、そういうこっちゃろな。余沢、浅川が事故死ではなく、他殺と判定された時点で、いずれは手が後ろにまわると覚悟したんや。大垣でのちゃちなアリバイ工作なんぞ、わしらの手にかかったら一発でアウトやし、こら早いとこフケないかんと考えよったんや」

「けど、余沢は何でそんなに早《はよ》うフケたんです。……フケることによって捜査陣の眼を自分に引きつけてしまいましたがな」

「それは結果論。犯罪者の動きは理屈で割り切れるもんやない」

「けど、余沢は……」

「けどけどと、うるさいな。おまえ、喉《のど》にカエルが挟まってるんと違うか」

「何ですて」

　マメちゃんは鼻白んだ。服部はおかまいなく、

「教えたろ。余沢みたいなインテリは、とどのつまり、開き直りができへんのや。綿密な殺人計画を立て、実行に移したんはええけど、いったんボロが出たとなると、後先見ずに逃げ出してしまう。……ま、おまえはインテリやないから、間違《まちご》うてもその心理は理解できへんやろけどな」

「ほな、係長は理解できるんですか」

「そら、ちょっとはな」

「余沢が浅川を殺した動機、教えて下さい」

「それを調べるんがおまえらの仕事やろ」

「係長の仕事でもありますがな」

おもしろい、とてもおもしろい。どんどんエスカレートする。マメちゃんと服部の二人、前世からよほど深い因縁をひきずっているのか、何かといえばこうして角突き合わせる。横で聞いている分には、これほど楽しいパフォーマンスは他にない。

ほれ、ほれ、もっとやれ、明日《あした》の朝までやれ――胸の中で私は煽《あお》りたてる。

「ええ加減にせんかい」

小さく宮元がいった。うんざりしたように椅子にもたれかかり、「動機や動機。浅川が殺されたんも、植田が死んだんも、余沢がフケたんも、裏には必ず動機と理由がある。それを摑《つか》むんや」

そして二日――。

「さすがに学者やな。この部屋だけで千冊、いや、二千冊はあるで」

「よう床が抜けんことですな」

余沢益美《ますみ》の許可を得て、服部以下六人の捜査員が余沢家の捜索をしている。私とマメちゃんは書斎を担当した――。

〈海鳳寺《かいほうじ》遺跡発掘調査報告書、泉南《せんなん》市教育委員会、本文編〉を函《はこ》から抜き出した。

巻頭にカラー写真。遺跡の全景、トレンチ内の盛土層、瓦溜《かわらだま》り。下に簡単な説明文があって、川原寺式軒丸瓦《かわら》や鴟尾《しび》破片と書かれている。

次に、本文、挿図。巻末に調査員による総括的対談。四百ページに及ぶ大冊である。

函には他に図版編と別添図があり、本文編と合わせて、三冊がセットになっている。

「わし、報告書というから、ガリ版刷りのパンフレットみたいなもんを想像してた。こら、えらい立派やで」

「限定出版やし、三万や四万では買えんかもしれませんな」

マメちゃんは扉横のキャビネットを調べながら答える。「黒さんはどない思います。余沢、レストランからどこへ行ったんやろ。タクシー拾たんかな、それとも誰ぞに会《お》うたんやろか」

きのう、十一日、朝、天理市《てんり》福住町《ふくすみちょう》で余沢のアコードが発見された。名阪国道沿いのファミリーレストラン、そこの駐車場に放置されていた。レストラン内から駐車場を見通すことはできないため、駐車時の目撃者はなし。アコードのトランク内にはかなりの量の土があり、これは直ちに科捜研へ送られた。

地図やメモなど、車内に余沢のその後の行動を示す手掛かりはなく、あの七日夜のガス欠以来、余沢の消息はぷっつり切れている。

余沢清逃走と宮元は断定し、その身柄を拘束するよう近畿の各府県警に手配した——。

『日本人の骨』岩波新書。巻頭に頭蓋骨《ずがいこつ》の写真。「抜歯と叉状《さじょう》研歯のある縄文時代の骨」とある。薄気味わるい。

「な、マメちゃん」

「何です」

「わし、考えたんやけど、余沢には浅川殺しの動機があるで。それもかなり強い動機が」

私とマメちゃんは余沢益美から詳しい事情を聴取した。益美によると、余沢は最近ふさぎ込むことが多かったという。理由は考古学研究所の人事。来年三月、山根研一郎が所長を辞め、その後任として、文科大から浅川亮介が来るらしい、余沢は益美にそういった。

「わしら、阪和大の花岡から話を聞いた。来年の春、浅川は退職して、考古学研究所へ行くんやないかと」

「そう。あの時、気がつくべきやったんですわ。副所長の余沢にしたら、これほど無念なことあらへん。すぐ眼の前にある所長の椅子を横からひっさらわれるんやから」

「玉突きやで、玉突き人事。根本の原因は浅川の失脚や。文科大からの放逐、考古学研究所への天下り、余沢の困惑……。そこで、余沢は決心した。浅川を遠い黄泉《よみ》の国へ送るべきやと」

「トレンチの土砂崩れを殺しの擬装に使う……考古学者ならではの発想ですわ」

「発想はよかっても、所詮《しょせん》素人の浅知恵や。わしらを騙《だま》しとおせるもんやない」

今朝、科捜研から報告があった。アコードのトランク内にあった土を分析した結果、これは甲田遺跡の土壌であると断定された。

また、この土には三本の頭髪が混入していて、これを浅川亮介の髪と比較照合した結果、同一人物のものであるとの判定もなされた。――余沢は浅川を甲田遺跡に誘い出し、スクウェア内の水溜《みずたま》りで窒息死させたのち、死体をアコードのトランクに乗せて竹渕遺跡へ運んだのである。運んだ理由は、自分が発掘調査主任を務める甲田遺跡に死体を遺棄することがまずかったことがひとつ。ふたつめは、浅川と格闘（？）した際、スクウェア内を荒らしてしまったこと。そして、三つめの理由は、おそらく竹渕遺跡の方がトレンチが深く、土層壁面崩壊の擬装工作が容易だと考えたため。

「で、余沢は逃走。所長の椅子を狙うどころか、自分の椅子さえ踏み外してしもた。犯罪いうのは割に合わん」

本棚を終えた。白い綿の手袋が内側だけ黒くなった。デスクに取りかかる。

置き時計、筆立て、万年筆、鋏《はさみ》、ペーパーナイフ、コーヒーカップ、特に注意をひくものはない。

脇机、抽出《ひきだし》を開けた。

黒い布表紙の本。法医学入門、とある。

「こら何じゃい。あのおっさん、えらい変なもん読んどるで」

本を手にとった。パラパラとめくる。カサッと音がして何かが床に落ちた。拾う。

写真。ポラロイド写真だった。真中にぼんやりと赤い色で、馬、その左に手綱をとる黒い人物。馬も人物もひどく稚拙で、まるで子供の落書きだ。背景はグレー一色。

どうやら、石の一枚板に描いた絵を撮影したようだ。右下に黒い点のようなものがポツポツと付いているのは黴《かび》か苔《こけ》の類らしい。

「いわゆる古墳壁画とかいうやつでっせ」

マメちゃんが横から覗《のぞ》き込んでいった。「下手な撮影や。ピントが合《お》うてへんし、フラッシュの光量も足らん。……この写真、どこから」

「これや、この本に挟んであった」

開いたままの法医学入門を机の上に置いた。

黄色い蛍光色のアンダーライン。「感電死」の章にたくさん引かれている。


工業用電気による感電死。

電気技術者の間では、電流の生命に対する最低限界を、直流では五百ボルト、交流では三百ボルトとしているが、一般には、交流では四十—五十ボルトは要注意、百五十—三百ボルトは危険、三百ボルト以上は致死的といわれている。しかしながら、五十—百五十ボルトの交流の場合でも、死亡例が報告されている。従来報告されている感電死亡例のうちの最低電圧は十四—二十ボルトで、その際身体を流れた電流は十四・五—六十ミリアンペアと推算されている——。

感電死判定の最も主要な指標は電流の強さであって、五—八ミリアンペアで痛みを覚え、十五ミリアンペアで痛覚は高度となり筋肉の痙攣《けいれん》を起こし——。

感電死の場合における死体の外景所見の特徴は電流斑《はん》（電流が通過した局所にはジュール熱のために電流斑とよばれる一種の熱傷が生じる）の存在であるが、体内を流れた電流が百ミリアンペア以下で、短時間の場合には電流斑がみられないことが多い――。

「この本、まだ新しいな。買《こ》うて間もないやろ」

「読んだんはつい最近ですわ。蛍光色が色褪《いろあ》せてません」

「ほう。鋭い指摘やな」

「しかし、妙ですな」

マメちゃんは首をひねる。「考古学者と法医学、それも感電死。どない関係があるんやろ」

「そういや、植田がこんな話をしてたな。ベルトコンベアの配電盤を操作してて、調査員が死んだと」

「あっ！」

「あほ、びっくりするやないか」

「分った。黒さん、分った」

「何がや」

「植田、ひょっとして……」

マメちゃんはひとつ間をおいて、「殺されたんと違うやろか」

　甲田遺跡発掘調査現場、マメちゃんは懐中電灯をかざし、先を行く。午後八時、事務所に明かりはない。

櫓《やぐら》は事務所から三十メートルほど離れた塀際に移動していた。植田が墜死した時はもっと事務所寄りにあったはずだ。

　マメちゃんは懐中電灯を下に向けた。櫓の足許《あしもと》に直径十センチのゴム製キャスター、そこから四本の轍《わだち》。櫓の動いた跡だ。

轍を辿《たど》ってゆっくり歩いた。四本の深い窪《くぼ》み、以前櫓が固定されていた場所に来た。植田の墜死地点だ。

　マメちゃんは屈《かが》み込んだ。地面に顔を付けるようにして、キャスターの窪みのまわりを観《み》る。右手に懐中電灯を持ち、左手の親指で土を押さえている。

「違いますな。ここやない」

　マメちゃんは次の窪みを調べた。

「ここでもない」

「残念やな、マメちゃん。目算違いというやつや」

「けど……」

　マメちゃんは残る二つのキャスター跡を調べた。ボールペンで地面を突き刺してみた。結果は、マメちゃんの期待を裏切るものだった。

「どや、納得したか」

「…………」

返事をしない。

マメちゃんの推理には説得力があった。――櫓上で植田は感電した。そのために筋肉が痙攣《けいれん》し、跳ねるように空中に飛び出した。植田の左手の指にあった火傷《やけど》はジュール熱によって生じたものだった。櫓はスチール製だから、配電盤と櫓の一部をコードでつないでおけば、電気を流すことができる。動力用の二百ボルト、強い電流である。余沢は植田が櫓上に登り、撮影が終るのを待って配電盤のスイッチを入れた。そうと知らない植田はスチール製の梯子《はしご》に手をかけた。感電。植田は墜死した。死ぬ間際に「アッ」とひと言いったのは、やはり「熱い」の意味だった。感電のショックをそう表現したのだ――と、以上がマメちゃんの推理だった。

配電盤と櫓をつなぐコードは地上を這《は》わすことができないから、地中に埋めたはずである。そのため、櫓から配電盤まで浅い溝が残っている。溝は、コードを取り去ったあと、余沢が埋め戻したはずだから、そこは土が軟らかい。溝を発見しさえすれば、植田の他殺は証明される――マメちゃんはそう主張し、私を甲田遺跡に誘った。

私は少なからぬ好奇心と期待を抱いて甲田に来た。で、その結果がこれである。また無駄足を踏んだ。

「帰ろ。寒い」

「おかしいな、こんなはずないんやけどな」

マメちゃんはしきりに首を傾《かし》げる。

「わしも男や、今さら文句はいわん。けど、ひと言だけいわしてくれ」

「何です」

「信じたわしがあほやった」

たばこを咥《くわ》えた。火を点《つ》けた時、事務所の向こうでバタンと車のドアの閉まる音。

「何じゃい、あれ」

「さあ……」

誰かが走って来る。

眼をこらす。――四人。帽子、制服、警棒。

「マメちゃん」

肩をすくめ、手を広げた。「警官や」

8

「わしも長いことこの商売やってるけど、職務質問におうたん、初めてやで」

「ぼくは二回め。結婚する前の年の夏、大阪城公園でひっかかりました。よめはん、おどおどしてましたわ」

「その汚い尻《しり》を夜露にさらしとったんやろ」

「黒さん、そういういやらしい発想しかできませんか」

「ほな何かい、二人で星を眺めながら俳句でもひねっとったんか」

「おっぱいひねってましてん、よめはんの」

いって、マメちゃんはケケッと笑う。こたえない性格だ。

地下鉄天王寺駅、切符を買おうとして、

「ちょっと待って下さい」

「どうした」

「黒さん、お願いですわ」

マメちゃんは手を合わせた。「今日は別行動いうことにしてもらえませんか」

「またひとりで消えるつもりか」

「ぼく、きのうのことが諦《あきら》めきれんのです。そやから……」

「もういっぺん甲田へ行く。そういいたいんやろ」

思い込んだら命がけ、日頃は怠慢なくせして、いったん走りだすと止まらない癖《へき》がマメちゃんにはある。それでいつもとばっちりを食うのはこの私、と思いつつも、

「しゃあない。好きにせんかい」鷹揚《おうよう》に笑ってみせる。

「いよっ、太っ腹」

マメちゃんは囃《はや》したてる。

「けど、帳場には二人揃て帰らないかんやろ。そやな……」

私は附近を見まわして、「あそこや。あの喫茶店で落ち合お。時間は五時」

珈琲《コーヒー》スタンド、クライン、濃いガラス扉の小さな店だ。

「すんません。ほな」

マメちゃんは階段を駆け上って行った。


天王寺から地下鉄で梅田《うめだ》。ＪＲに乗り換えて茨木《いばらき》。バスを待つのが面倒で、駅前からタクシーに乗った。

名神高速道路茨木インターから西へ一キロ、住宅地を抜けた小高い丘の中腹に、財団法人大阪考古学研究所はあった。低い煉瓦《れんが》塀、正面に丸い花壇を配置した広い芝生の前庭の向こうに白磁タイル張りの瀟洒《しょうしゃ》な二階建、いい環境だ。

玄関ロビー、受付のガラス窓を開けた。所長室は左廊下の突きあたりだった。

「きのうも刑事さんが来ましたよ。……誰だったかな」

「島谷と寺山です」

「そう、そんな名前だった」

山根研一郎《けんいちろう》はソファに深く体を沈め、組んだ脚を前に突き出している。白髪、べっこう縁の眼鏡、細い眼、高い鼻、口をへの字にして、見るからに不機嫌そうな表情だ。

「今日はまた別の話を聞かせてもらおうと思いまして」

私は揃えた膝《ひざ》の上に手を置いた。「文科大の浅川教授、次期研究所長に内定してたそうですね」

ぴくっと、山根の眉《まゆ》が動いた。

「誰からそれを」

「ま、いろいろ調べましたから」

「勝手な推察をしてもらっては困るね」

「余沢さん、そのことが原因で失跡したという説もあるんですけど」

「ばかばかしい。ぼくは辞めるとも何ともいっていない。まして、次は誰を推すなんて考えているはずがない」

「ほな、先生はどうお考えですか、余沢氏の失跡の理由」

「分らないね。ぼくは論評する立場にない」

「余沢さん、先生の教え子やそうですね。五年前、主任研究員として文科大からこちらに来て、二年後には副所長。かなり優秀な人やと聞きました」

「…………」

「その五年前いうのは、今村氏が助教授になった年です。それで、余沢さんは浅川研究室を出たんやないんですか」

「…………」

「お答えがないということは肯定なさったと理解していいんでしょうか」

「肯定も否定もない。君たちが調べるべきことだ」

「ちょっと見てほしいもんがあるんですけど」

私はポケットから写真を出した。きのう余沢家で手に入れた壁画のポラロイド写真を本部で撮影、焼き増したものだ。宮元班の全員が持っている。

「これ、獅子塚古墳ではないですね」

山根は写真を手にとり、眼鏡をずらして遠目に見る。

「違うね。獅子塚じゃない」

「ほな、どこですか」

「断定はできないが、おそらく中国か朝鮮半島……。もし国内のものならば、可能性があるのは北九州だろう。横穴式石室に見られる彩色壁画は、福岡、佐賀、熊本県にほぼ限られている」

「そんな珍しい古墳の写真を何で余沢さんが……。いや、実はこの写真、余沢さんの家の書斎にあったんです」

「余沢君が、これをね……」

山根は訝《いぶか》った。「しかし、おもしろい図柄だね。馬も人物も躍動感がある。この種の絵は、ぼくも初めてだ」

——ノック。ドアが開いて、さっきの受付の女性が顔をのぞかせた。

「所長、お客様です」

「そうか」

山根は答え、私に向かって、「失礼。今日のところはこれで」

「あの……」

「お引きとり下さい。ぼくは忙しいんだ」

とりつくしまもない。

所長室を出た。玄関ロビーの長椅子に坐《すわ》り、たばこをくゆらしながら廊下を見張る。所長室には誰も入らず、山根が出て来ることもない。山根は女性に指示して嘘をいわせたのだ。きのう、島谷と寺山もそんなふうにして、体よく追い払われたという。

二十分後、私は研究所をあとにした。

さて、どないする——。坂を下りながら自分に問いかける。今は十二時、マメちゃんとの待ち合わせまでには五時間の猶予がある。

国道一七一号。ふと思いついて、タクシーを停《と》めた。

「箕面。大阪文科大へ行って」

茨木から小野原は近い。千円もいらない。

私は考古学研究室に顔を出し、秦野史子を学内食堂に誘った。仕事にかこつけて、いっしょに飯を食おうというもくろみだ。

史子は定食、私は焼飯とラーメンをトレイに載せ、奥のテーブルに運んだ。

「すんませんな、昼時にお邪魔して」

「いいんです。刑事さんとごいっしょするのもちょっと変わってて楽しいです」

「ほんまですか。それは嬉《うれ》しいな。ぼく、いつもひとりで食うてますねん」

暗に独身であることを示唆する。史子に反応はなく、

「考古学研究所の余沢先生、失跡しはったんですね」

「ええ、まあね」

ラーメンに箸《はし》をつけた。出汁《だし》にコクがない。麺《めん》が太くごわごわしてひどくまずい。

「浅川先生の死と余沢先生の失跡、関係あるんですか」

「さあ、今のとこ、あるともないともいえませんわ」

焼飯を食べた。飯がべちゃついて、これもダメ。

「ここの食堂、けっこう旨《うま》いですね」

「そうかしら」

「いや値段にしたらましな味やと思たんです」

「今週号の『週刊アイ』、お読みになりました？　呪われた研究室、祟《たた》りの構図ですって」

「そら失礼や。大いに失礼や。そんなクサいコピー、よう考えますな。取材に来たんですか」

「来てません」

「新聞や週刊誌の取材、ほんま強引でっせ。ぼくら、これでも第一線やから、夜討ち朝駆け。何人もの記者が、ぼくのコメントもらお思て、マンションの前にたむろしてますわ」

願望である。

「浅川先生を殺した犯人……」

史子は視線を落とした。「ほんとに余沢先生なんですか」

「そういう説もあります」

「でも、余沢先生にはアリバイがないんでしょ」

「アリバイがない、イコール浅川教授を殺したとは限りませんわ。ほいで、植田さんの方はどうです。教授とうまいこといってましたか」

「ええ。浅川先生はご存じのように行動派でしたし、植田さんは浅川先生をサポートして動と静、とてもいい関係でした」

「今村助教授と植田さんはどないでした」

「別にわるくはありません。今村さんは植田さんを先輩として立てていました」

「助教授が嘱託を立てる。内心はあんまりおもしろないのと違いますか」

「…………」

「余沢さんと今村さんはどうです。今村さんが助教授になって、余沢さん研究室を出たんでしょ」

いつの間にやら、本格的事情聴取になってしまった。我ながら不粋で困る。

「いや、すんません。飯食いながら喋《しゃべ》る話題と違いました」ラーメンをすすった。

史子はカキフライを半分に切って口に入れる。ルージュをつけただけの化粧気のない顔。

「あの、史子さんて、ええ名前ですね」

「はあ……」

「歴史の史。こういうお仕事するのによう似合《にお》うてはる」

「父も考古学をしていたんです」

「へえ、そうですか。学者さんですか」

「私が小学校のころになくなりました」

「ほな、今はお母さんと」

「母は兄夫婦と岡山におります」

「秦野さんはおひとりで」

「はい。豊中《とよなか》の小さなアパートです」

これは知っている。十一月一日から二日にかけての浅川研究室のメンバー全員の行動を聴取したからだ。沢居の報告書によると、史子は午後六時、研究室を出てまっすぐ帰宅している。

「ぼくもひとり暮らしやけど、何かと不自由であきませんわ。秦野さん、結婚は」

「したいですね。でも、できないんです」

「そらまた何で」

「相手がいないんですよ、肝腎《かんじん》の」

いって、ふふっと史子は笑う。

「もったいない。めちゃくちゃもったいない。世間の男は何を考えとるんやろ」

「刑事さん、恋人は」

「黒木でよろしいわ」

「じゃ、黒木さん、恋人は」

「いてません。いつもふられっぱなしです」

「そうですか」あっさり同意する。

「いや、その、ぼくの仕事がね。時間が不規則やし、忙しいから」

「男の人って、みんなそういいますね」

史子はスープを飲んだ。「そういって、女をはぐらかす」

「実は……」

眼を伏せて、少し横を向いた。「二年前に別れたんです。ちょっとした事情があって」

「事情？」

「そう。きれいな人でした」

箸を置き、手を組んだ。

「あほくさ。またいつものパターンや。そういうのを何とかのひとつ覚えというんでっせ」

「史子、じっと聞いてたがな」

「秦野さんといいなはれ、秦野さんと」

「食事をともにした仲や。他人行儀な呼び方は失礼やろ」

「つきおうた女なんぞひとりもおらんのに、二年前に別れたやて、作り話にも程がありまっせ」

平野《ひらの》駅で前の席が空いた。マメちゃんと並んで坐《すわ》る。

「ほいで、マメちゃんの方はどないやった」

「あ、それそれ。ぼくはちゃんとお仕事しましたで」

マメちゃんは上着のポケットから二枚の写真を取り出した。受け取る。

真中に、赤いセーター、黒いスカートの中年女性。小脇に格子柄のハンドバッグを抱えてほほえんでいる。

「太い足やな」

「そんなことどうでもよろしい。背景を見て下さい」

「これ、甲田遺跡やないか」

「そうです。櫓《やぐら》が写ってますやろ」

右後ろに櫓の脚。キャスターは堆《うずたか》く積まれた黒い土に埋まり、その土の山は左の枠いっぱいまでなだらかに続いている。

「もう一枚も見て下さい」

これも中年女性。背景に櫓はなく、土の山が右から左にかけて少しずつ低くなっている。そして、その山の裾《すそ》に青い防水シート。

「それ、さっきの写真の五、六メートル左を撮ったもんですわ。あと、もう三メートルほど左へ寄ったら、配電盤のある掘っ立て小屋です」

「ほな、マメちゃん、これは」

「そう。電気コードは地中に埋められてたんやないんです」

「小屋から防水シートの下を這《ほ》うて行ったんやな。ほいで、途中から土の山の中に潜り込んだ」

「山はキャスターにつながってます。そやし、櫓とコードの接触点は土の中に隠れとるんです」

「この写真、どこで手に入れた」

「五日、甲田へ行った時に、カルチャーセンターからおばさん連中がようけ来てましたやろ。パチパチ写真を撮ってましたがな」

「植田が櫓から落ちた日も来てたんやな、そういうのが」

「ぼく、甲田の事務所に電話して、十一月六日の見学者名簿を調べてもろたんです。午前中、城東《じょうとう》区の鴫野《しぎの》婦人会が遺跡見学に来てました」

「なるほど。マメちゃん、今日は甲田へは行かずに、婦人会を訪問しはったんや」

「悲しいかな、そういうこと」

「わしは秦野女史とお食事、マメちゃんはおばはんと井戸端会議、お互い充実した一日やったな」

「はい、はい」

「けどなマメちゃん」

口調を改めた。「おまえの推理、はっきりいうて想像の産物や。植田は感電したために墜落した……誰が信じる」

「ほな、黒さんは、ぼくの話を絵空事やと」

「いや、そうは思てへん。思てへんから、きのう甲田へ行った。……けど、マメちゃんの説、証明する手段《てだて》があらへんやないか。写真に写ってるのはシートや土の山だけで、コードやない。おまけに、その土の山も、片付けられて今はあらへんがな」

「それは……」

いいかけて、マメちゃんは黙り込んだ。腕を組み、眼をつむっている。

「どうした、急に元気がなくなったやないか」

「うーん」

唸《うな》りながらマメちゃんはこちらを向いた。「黒さん、次の駅で降りましょ」

「何やと」

「現場百回。甲田遺跡へ行ってみるんです」

加美《かみ》駅で降り、タクシーを拾った。中央環状線をまっすぐ南へ。
午後六時、甲田遺跡に着いた。現場事務所の窓にはまだ明かりがある。
戸を開けた。ロッカーの前に眼鏡の男、作業着をハンガーにかけている。

「お帰りですか」

「ええ、そろそろ」

「ちょっとだけ時間もらえませんか」

　マメちゃんと私は中に入った。

　男の名前は藤田《ふじた》宗司《そうじ》、年は三十一、考古学研究所の職員だという。マメちゃんはベルトコンベア用動力線について質問した。

　――三相二百ボルト動力線は遺跡前道路の電柱から引かれている。引き込み工事は発掘開始時、専門の電気工事士が行った。線は事務所横に立てたポールを経由して配電盤に接続され、そこから各ベルトコンベアに分配される――。

「配電盤から先の接続と分配は電気工事士が？」

「いえ、それは誰でもできます」

「簡単に？」

「ええ、簡単です」

「配電盤、見せてもらえますか」

「いいですよ」

藤田は先に立って事務所を出た。

小屋は事務所外壁とポールを合板で小さくコの字形に囲い、上に波形鋼板の屋根をかぶせただけの粗い造りだった。合板と地面との間には十センチの隙間があって、一見、仮設トイレのようだ。小屋のすぐ右側には折りたたんだ防水シートが積み上げられている。

藤田は掛け金を外して扉を引いた。照明のスイッチを入れる。中は一・五メートル四方、正面に直径十センチの銀色のポール、それにベージュ色の縦形配電盤が固定されている。

「けっこう大きなもんですな」

「現場が広いから端子の多いものが要るんです」

配電盤は幅五十、高さ七十、奥行き二十センチほどの長方体で、前面に四つのメーターとスイッチがある。メーター下部の端子には三本のコードが接続されて、いったん束ねられ、それがポールに沿って下に伸びている。コードは下の隙間から外に出てベルトコンベアにつながっているらしい。

「ここから外のようすを見ながら、スイッチを操作するんですな」

右の壁、眼の高さのところに小さな窓がある。マメちゃんは外を覗《のぞ》いてそういった。

「櫓、よう見えますがな」

「はあ？」

「いや、こっちの話です」

マメちゃんは向き直った。「配電盤の操作、いつも誰が」

「ほとんど、余沢さんです」

「ふむ……」

マメちゃんはにんまりして、「動力用のコード、どこにあります」

「倉庫です」

外に出た。藤田は小屋の掛け金をかけた。

倉庫は事務所の西側にあった。別棟で間口は三間、けっこう大きな建物だ。

中に入った。右にスチール棚の列。シャベル、ツルハシ、移植ゴテやヘラなどの発掘道具類、そして、大きなプラスチックのバスケットに膨大な量の出土品。大半が赤褐色の土器のかけらだ。藤田はまっすぐ奥へ進む。

「ここです」

藤田は下を見た。床に丸く巻いたコードの束が十数個、どれも土が付着している。

「このコード、数量的な管理はされてるんですか」

「無理ですね。コンベアの移動に伴って、切ったりつないだりしますから」

「ほな、一巻きや二巻き失くなっても気がつかんと？」

「そうですね」

「何メートルくらいあります」

「巻きの大きいのは三十メートルほどでしょ」

コードは黒いゴムで被覆されていて断面が丸く、直径は約十二ミリ。端から四本の銅線が出ている。三相二百ボルト、三本が導線で、あとの一本がアースだと藤田は説明した。

「これ、けっこう重そうですな」

私はいちばん小さな束を持ち上げた。五、六キロあった。

「倉庫の管理者は」マメちゃんが訊《き》いた。

「いちおう、私です」と、藤田。

「施錠は」

「主に私がします」

「鍵《かぎ》はどこに」

「事務所のキーボックスに保管してます」

「事務所の鍵は」

「余沢さんと私が持ってます」

「その二本だけですか」

「いえ、全部で四本あります。あとの二本は考古研と文科大に預けてますけど、使用したことはないはずです」

「話は変わるけど、植田さんが櫓《やぐら》から落ちた時、余沢さんがどこにいてたか知ってはりますか」

「事務所にいたと思います。騒ぎを聞いて外へ飛び出しましたから」

「それは、藤田さんもいっしょに？」

「そうです。余沢さん、櫓の方へ走って行きました」

「間違いないんですね」

「ええ、絶対に」

「そら、おかしいな」

マメちゃんは首をひねり、それから思い直したように、「余沢さん、ずっと事務所におったんですか」

「さあ、そこまでは……」

今度は藤田が首をひねった。「余沢さん、調査主任やし、日に何十回と事務所を出入りします。……それが何か」

「いや、その、どうも腑《ふ》に落ちんことがありましてね」

マメちゃんは眉《まゆ》をひそめた。「藤田さん、今日ぼくらがここへ来たこと、誰にもいわんとって下さい」

小さくいって頭を下げた。

「腑に落ちんことというのは何や、え」

藤田と別れ、現場を出るなり、私は訊いた。マメちゃんは両手をコートのポケットに突っ込み、上体を揺するようにひょこひょこ歩きながら、

「藤田さん、いうてましたがな。余沢は植田が落ちた時、事務所から飛び出して櫓に向かって走って行ったと」

「分らんな。どういうこっちゃ」

「余沢は、植田が櫓の上で撮影の終るころを見計らって配電盤のスイッチを入れたんです。で、そのあと、事務所へ入って植田が感電するのを待った。……と、そこまではよろしい、いちいち見張ってなくても、いずれ植田は落ちる。けど、墜落後は必ずスイッチを切らなあきません。そうでないと、櫓附近にはたくさんの人間が集まって来るんやから、誰かが櫓に触れて感電するかもしれません」

「そういや、そのとおりやな。マメちゃんの植田感電他殺説、これでめでたくアウトというわけや」

「けど、黒さん」

マメちゃんは立ち止まった。「余沢の机の中にあった法医学の本、あれはどう解釈したらええんです」

「そんなもん、ことさら難しく考えることない。余沢は単に法医学の本を読んでみたかった、感電の項にアンダーラインを引いてみたかったと、ただそれだけのこっちゃ」

「ほな、植田の左手にあった火傷《やけど》の痕《あと》は」

「知らん」

「植田が死ぬ前にアッというたんは」

「いちいちうるさいな」

「ぼく、納得できません」

「いったいどうせいというんや」

「ぼく、寄り道します。黒さんは先に帰って下さい」

「寄り道て、どこや」

「十三《じゅうそう》です」

「十三？　何しに行くんや」

「友達に会うんです。高校の時の友達に」

「名前は」

「伏見薫《ふしみかおる》」

「どこのアルサロや」

「あほくさ。薫は男、電気工事士です」

　マメちゃんは事務机の上にメモ帳を広げ、簡単な絵を描いた。

「で、この櫓の脚に動力線を接続する。上におる人間は跳び上るやろ」

「そら、無理や」

　伏見は即答した。短い髪の頭をくるっとひとなでして、「電気は櫓の上まであがらんと地中へ抜ける。地上に立ってる人間が櫓の下の方を触ったら、ちっとはピリッとするかもしれんけどな」

「ほな、櫓の上までコードを引いたらどないや」

「それもあかん」

「何でや」

「おまえのいうようにしたら、いちおう櫓は帯電する。するけど、人間がその櫓の上におる限り、感電はせん。それはつまり、櫓から地中へ抜ける一本の電気の流れの上にその人間が位置してると考えられるからや」

「ややこしいな」

「どう説明したらええんかな……」

伏見は少し間をおいて、「高圧線にようスズメがとまっとるやろ。あれ、何で感電せえへんと思う」

「スズメの足、絶縁体なんや」

「あほ。水分のあるもんはすべて電気を通すんや」

「へえ、知らんかったな」

「スズメは一本の電線にとまっとる。もし仮に、二本の電線にまたがってとまったら、即、黒焦げ。……それは、二本の線に電位差があって、スズメの体の中を電気が通るからや」

「水が高いとこから低いとこへ流れるようなもんやな。つまり、水位の差がある」

「ちょいと違うけど、そう考えたら分りやすいかもしれん。要するに、電気というのは、行き場所がないことには流れんようになっとるんや」

「ほな何かい、櫓の上におる人間を感電させることは絶対に不可能やと、そういうことなんか」

「まあ待て。そうやって結論を急ぐのがおまえのわるい癖や」

伏見は振り返って、「喉《のど》渇いたな」

いうなり、立ち上った。表の戸を開けて外へ出て行く。

――伏見電気工事店は阪急十三駅を西へ五分、町工場と住宅の密集した地区にあった。戦後すぐ建てられたという棟割り長屋の一角、道路沿いの一室にデスクと電話を入れて、そこを事務所にしている。伏見は独身、従業員は使わず、ひとりで大阪府下の建設現場を渡り歩いている。電気工事屋にはそんな一匹狼的職人が多いと彼はいった――。

私はたばこに火を点《つ》けた。

「気さくやな。誰かさんといっしょで、よう喋《しゃべ》る」

「口はわるいけど、いうことはしっかりしてますやろ」

「同病相憐む、や」

「せめて、同類というて下さい」

お待たせ、伏見が戻って来た。手に缶コーヒーが三本。

「飲みませんか。熱いでっせ」

「わざわざすんません」

私は缶を受け取った。開けて、飲む。甘ったるいが、そうまずくもない。

「しかし、刑事稼業もけっこう大変なんやな」

伏見は笑った。「その植田いう学者先生、ほんまに感電して櫓《やぐら》から落ちたんか」

「それを知りたいから、十三くんだりまで来たんやないか。な、教えてくれ。どうにかして感電させる方法、あるんやろ」

「そやな……」

伏見は胸のポケットからボールペンを抜き出し、それでデスクを叩《たた》きながら、「櫓の上におる人間に直接コードを握らせるんや。そうしたら、電気は体を通って櫓から地中へ流れる」

「感電すると知っててコードを摑《つか》むような人間がどこにおる」

「おまえも単純やな。手すりか何かにコードを接続しといたらええやないか。もちろん、手すりと櫓本体とは、間にゴムや木片挟んだりして絶縁しとかないかん」

「櫓、手すりはついてないんや」

「ほな、梯子《はしご》にでも細工すりゃええ」

「ああ、そうか」

マメちゃんの眼が輝いた。「撮影後、下へ降りようとして、植田は屈《かが》み込んで梯子を摑む。確実に感電する。余沢が、植田墜落のあと、すぐに配電盤のスイッチを切らんかったんは、櫓の上に登らん限り、誰も感電せえへんと知ってたからや」

「そう。そういうこと」

伏見はうなずいたが、ふと真顔になって、「しかし、大の男がとび跳ねたりするかな」

「植田は膝《ひざ》を曲げて背中を丸めとるんや。電気ショックがあったら脚が硬直して、頭から前に飛び出すがな」

「いや、おれが疑問に思てんのはそんなことやない。二百ボルトの電圧で人間がカエルみたいに跳ねるか、ということや」

「おれ、経験あるがな。百ボルトのコンセントに指突っ込んで跳び上った」

「ふん……」

伏見は缶コーヒーを飲んで、「トランスや。トランスを使《つこ》たら確実や」

「トランス？」

「変圧器や。二百ボルトを四百ボルトに変えるんや」

「そんなこと、素人にできるんか」

「簡単や。線を切ってトランスの右と左に接続するだけやから、どんなメカ音痴にでもできる。トランスは日本橋《にっぽんばし》あたりの電気部品屋に行ったら、何ぼでも売ってる」

「それ、どんな大きさや」

「ティッシュペーパーの箱を二つ合わせたくらいかな」

「よっしゃ、分った」

マメちゃんは椅子を引いた。「携帯ライト貸してくれ」

「何や、どないした」と、私。

「甲田へ行きますねん」

「あほいえ。今から富田林なんぞ行けるかい。帰って来たばっかりやないか」

「黒さんはそこいらのアルサロで女の子の尻《しり》触ってて下さい。頭にパンツかぶってもよろしい」

「わしゃ変態か」


――といいながら、また甲田遺跡へ来た。午後十時、寒さに身が縮む。

「わし、嬉《うれ》しいわ。一晩に何べんも遺跡見学ができて」

「またそんな嫌味をいう。ここへ来るというたん、黒さんでっせ」

「わしは、マメの保護者としてやな……」

「黒さんのそういうとこ、ぼく好きでっせ。ぶつぶついいながらも、結局は引きずられて来る」

「わしには主体性というもんがあらへんのかい」

「いや、いや、器が大きいんですわ」

「おおきに、ありがとさん」

　配電盤小屋。外壁パネル沿いに積み上げられた防水シートをマメちゃんはどけてみるという。約二十枚、二人で両端を持ち、一枚ずつ脇へ運んだ。

月明かりの下、シートを取り去ったあとの地面は乾いていて、そこだけ少し白っぽく見えた。マメちゃんは屈んで地面を撫《な》でまわす。パネルから十センチほど手前で手が止まった。

「あった。ありました」

「ほんまか」

私も屈んで、地面を押さえた。そこだけ土が軟らかい。指が沈む。

「掘ってみよ」

私は両手で土をすくった。

穴。直径四十センチ、深さ三十センチの摺《す》り鉢状の穴だった。これは明らかに誰かが掘ったあと、埋め戻した跡である。

私は手の土を払って、

「これ、どう考える」

「知れたこと。ここにトランスを埋めてたんですがな」

「しかし、それを証明する方法《すべ》がない」

「方法はなくとも子は育つ。仮説のあとに実証はついて来るんです」

「何のこっちゃ」

「さ、次は櫓です」

マメちゃんは勢いよく立ち上った。

櫓。マメちゃんはライトを近づけてキャスター部分を観察する。

「やっぱりや。脚の先端、中空になってます」

櫓は口径七センチほどのスチールパイプを正方形に組んだ建枠を五層に積み上げている。キャスターの受け金具はパイプの先端から三センチくらい上部の外側に熔接《ようせつ》されているから、パイプに蓋がなければ、そこにコードを通すことは容易である。

「さて、このあとは……」

マメちゃんは櫓を見上げた。「高いですな」

「どないした、その顔。怖い、怖いと書いてあるで」

「そんなことありますかいな」

マメちゃんは櫓の下に入り、「さ、登りまっせ」

梯子に手をかけた。

最上階、正方形の木の蓋を押し上げて、昇降口から顔だけ出した。ステージは狭い。ちょうど一坪だ。

「どうする。上ってみるか」

振り向いて声をかけた。マメちゃんは梯子の下、私の足許《あしもと》にいる。途中で前後を入れ替わった。

「よう揺れますな」

「そんなこと訊《き》いてへん」

「ぼく、おしっこがしたい」声が震えている。

「勝手にせい」

蓋を向こうに倒して昇降口からステージに上った。中腰。まっすぐ立てない。

私は蓋を閉めようとして、

「これや」思わず声を出した。

電気の絶縁体であるベニヤ板の蓋に金属製の把手《とって》がついている。コードを接続するなら、これ以外にない。

私は把手を持ち、もう一度蓋をひっくり返した。裏側にライトをあてる。

高さ二センチの細いH鋼をロの字に組み、そこに厚さ十ミリほどのベニヤ板を嵌《は》めこんでいる。蝶番《ちょうつがい》の反対側に把手の取り付けボルトが二本、ナットで締めつけられている。ボルトとボルトの間にはもう一本のH鋼が補強として通っている。コードは目立たないよう、蝶番からこの補強材に沿ってまっすぐ伸び、把手のボルトに接続されていたに違いない。

——とすれば、蝶番の向こうに建枠のスチールパイプからコードを引き出した穴があるはずだ。

私は昇降口から下に降りた。左手で梯子《はしご》につかまり、右手のライトをステージの裏にあてる。――蝶番、床板、建枠。

あった。小さな丸い穴が建枠の最上部に開いている。接続金具を取り付けるためのものらしい。

私は一段、梯子を降りた。上半身をいっぱいに伸ばし、建枠の穴を間近に観察する。――直径三センチの円、切り立ったエッジに短い黒い糸が数十本。密集して、そこだけ毛が生えたように見える。私は数本を手に取った。太さ二ミリ、偏平、指の腹で捩《よじ》ると少し弾力がある。

「マメちゃん」

「何です」

「おまえの推理、当りや」

「ほんまですか」

「これ、ゴムや。コードの削り滓《かす》や」

「コードはキャスターのところから建枠のパイプの中を通って、最上部の穴から外へ抜け、木蓋の把手に接続されてたんです」

「櫓《やぐら》、植田が墜死したあと、トリさんが上に登ってみた。何でコードが見つからんかったんや」

「コードの露出部分はほんの一メートルです。それも床裏のＨ鋼の溝にぴったり這《は》わせてるから、その気になって検証せんことには、まず発見されません」

十一月十四日、午前一時、櫓は煌々《こうこう》としたライトを受け、白く聳《そび》えている。ステージ上にひとり、その下に二人の鑑識部員。キャスターのところにも二人いて、各々検証作業に余念がない。

宮元は櫓を見上げて、言葉を継いだ。

「ほな、余沢はその日の夜、調査員がみんな帰ってから、櫓に登ってコードを取り外したんやな」

「いや、余沢はたぶん、櫓には登ってないはずです」

マメちゃんが口をはさんだ。「あいつ、足許のキャスターのとこからコードを引っ張ったんですわ。そうしたら、コードは建枠を通ってたぐり出せます」

「その、たぐり出した時に被覆のゴムが削り取られたというわけか」

「そう。建枠の穴、エッジが鋭いから」

――と、そこへ鑑識主任が来た。宮元に向かって、

「櫓の下のパイプの先端からもゴムの削り滓と粉を採取しました」

「それ、確かに動力線の被覆と一致するんやな」

「組成検査はまだですけど、まず間違いはないと思います」

「そうか」

「それと、配電盤の予備端子に微量の銅粉が付着してました。ほとんど錆《さ》びてませんし、端子はつい最近使用されたようです」

「なるほど」

「もうひとつあります。あの配電盤小屋脇の穴ですけど、掘りかえした土の中からラベルを採取しました」

「ラベル？」

「これです」

主任は胸のポケットから小さなビニール袋を出した。中に長径四センチの楕円《だえん》形の紙片。

三相変圧器、ＳＷ２２３。甲種電気用品取締法適合品。定格――一次電圧２００Ｖ、二次電圧４００Ｖ。アルス電気株式会社。

「トランスの裏にでも貼ってたんやと思います。それが、土中の水分で剝《は》がれ落ちたんです」

「これはええ。願ってもない物証や。……指紋は」

「採ってはみますけど、たぶん無理ですわ」

「了解。ご苦労さん」

主任は向こうへ行った。宮元は向き直って、

「君ら、晩飯は」

「そういや、まだ食うてません」

「ラーメン屋ぐらいは開いとるやろ」

「足がありませんねん」

「わしの車を使え」

宮元はポケットからキーを抜き出し、放って寄越《よこ》した。

9

朝、帳場に顔を出したら、平尾、島谷、山上、沢居の四人が宮元のデスクの前にいた。こんなことは珍しい。普段は二人一組になってさっさと部屋を出て行く。

「どないしたんです」

服部に訊いた。自分の席で茶を飲みながら報告書を眺めている。

「これから奈良へ行く。王寺や」

「また、余沢の家ですか」

「そう。今度は徹底的な家宅捜索をする。黒マメもいっしょや」

「日本橋へは行かんでもええんですか」

「今日はかまへん」

日本橋は電器の問屋街である。余沢がトランスを手に入れた店を探し当てるよう、きのう宮元に指示された。

「捜索の狙いは何ですねん」

「浅川のショルダーバッグ、革靴、櫓の細工に使《つこ》うたペンチやビニールテープ……トランスと動力線も捜すんや」

甲田遺跡倉庫内の巻きコードを調べた結果、どれも被覆ゴムに削り痕《あと》が見られなかったため、余沢は櫓の建枠内に通したコードをどこかに隠したか、或《ある》いは捨てたと考えられる。

「しかし、遅いな、マメのやつ」

服部がいったちょうどその時、ドアが開いた。顔を出したのはマメちゃん。

「おや、みなさん方、朝っぱらから難しい顔して、討ち入りでもするんですか」

余沢家には二台の車で来た。服部が益美に令状を呈示し、すぐ作業にとりかかる。

服部、平尾、山上、島谷が母屋、沢居がガレージ、私とマメちゃんが庭を分担して捜索する。

庭は約二十坪。小さな築山《つきやま》に松と槇《まき》、後ろに杉、その左に石灯籠《いしどうろう》といった純和風の造りで、まわりはカイヅカイブキの生垣に囲まれている。

最初、私とマメちゃんは生垣に沿って歩いた。どこにも掘り返したような形跡はない。

次は母屋沿い。こちらはほとんどが白い砂利敷きである。

マメちゃんは棕櫚箒《しゅろほうき》を手に、ところどころ砂利を払いながら進む。私はたばこをくゆらせながらあとに続く。

「けど何ですな、こんなことしたってあきませんやろな。あの余沢が自分の家に決定的なブツを隠してるてなこと考えられへん。第一、ガサ入れはこれで二回めでっせ」

「あの時は、書斎や居間をちょろっと触っただけや」

「何べんやっても、ただのくたびれもうけ。時間の無駄です」

「ぶつくさいうな。無駄の積み重ねが犯人逮捕につながるんや」

「おう、おう、えらいかっこのええこといいますやないか」

「いわんとやっとれるかい、こんなあほくさいこと」

「同感」

マメちゃんは箒を放り出した。ビニールカバーをかけたエアコンの外部ユニットに腰をかける。

「寒いな」

「ぼくは眠たい」

「帰り、車の中で寝たらええ」

「ぼく、運転ですがな」

「そら、かわいそうに」

と、そこへガラッと窓が開いて、服部のごま塩頭。

「こら、おまえら、またサボッとるな」

——作業再開。

庭の隅、勝手口のすぐ近くに小さなドラム缶型のごみ焼却器があった。赤錆びて煙突が腐っている。私は上蓋《うわぶた》を開けて覗《のぞ》き込んだ。

中に、灰。厚く積もっている。

「マメちゃん」眼で合図した。

マメちゃんは勝手口の扉を開けて、

「すんません、奥さん、ごみ袋もらえませんか」大声でいった。

——黒いポリエチレンのごみ袋を三枚、切り広げて砂利の上に敷き、焼却器を二人で抱え上げて逆さにした。簀子《すのこ》が落ち、灰が舞い上る。

白い円錐《えんすい》形の山。それを、私とマメちゃんは手でかき分ける。

赤褐色の土のこびりついた草の根、葉っぱ——。

「おっ」マメちゃんがいった。

「どないした」

「これ見て下さい」

手に黒い小さな不定形のだんご。マメちゃんは胸のポケットからボールペンを抜き出し、だんごを突つく。被膜が剝がれ落ち、金属製の長方形の枠が現れた。枠には一本のハリガネが巻きついてブラブラ揺れている。

「バックルやな」

「この色は、真鍮《しんちゅう》ですな」

「浅川のバッグか」

「かもしれません」

「わしら、花咲じいさんやで」

手の甲で額の汗を拭《ぬぐ》った。

焼却器内の灰や残滓《ざんし》はすべてポリ袋に入れて帳場に持ち帰った。鑑識による検査の結果、私とマメちゃんが発見したバックルはショルダーバッグのフラップの留め金具であり、バックルに付着していた黒いスポンジ状の被膜はポリエステル繊維の燃え滓《かす》であることが判明した。また、灰の中から真鍮製のハトメが四つと、リング――バッグの提げ帯の長さを調整するための用具で一部が平らになっており、そこに「ACE」とメーカーの刻印が打たれている――が二つ採取された。

本部捜査員は手分けして、浅川の家族や文科大研究室員にリングとバックルを呈示し、これが浅川の所持していたショルダーバッグの金具であることを確認した。

余沢の妻、益美によると、焼却器はごみを焼くのではなく、肥料用の木灰をとるためのもので、ここひと月は使用していないという。

とすると、バッグを燃やしたのは余沢しかいない。

余沢を引け、宮元は檄《げき》をとばした。

そして、一週間――。

「ほんま、あほらしい。何でわしらがこんなつまらん訊《きき》込みせなあかんのや」

「よろしいがな。こうやってちんたらお散歩してたら給料くれるんやから」

「マメちゃん、おまえ、やる気あるんかないんか、どっちや」

「さあ、自分でも分らん」

私とマメちゃんは生野《いくの》区を歩いている。巽《たつみ》電話局の近くに電気工事部品を扱う大手卸問屋があり、そこへ向かう途中である。

「今池《いまいけ》電工商会。ここや」

四階建、五間間口のビルだった。

私たちは二階の事務室に通された。応接の相手は橋野《はしの》という五十がらみの営業部長。橋野は女性事務員にいって、パソコンを操作させる。ここ半年間のトランスの販売状況を調べるためだ。

　モニターに文字が出た。

「アルス電気のＳＷ２２３は十六個ですな」

　橋野がいった。低圧トランスには百、二百、四百ボルトの三種類があり、あとは三千三百と六千六百の高圧になる。高圧トランスは大型で素人には扱えない。

「販売先、判りますか」マメちゃんが訊《き》いた。

「判ります。うちは工事屋さん相手の商売やから」

「一見《いちげん》客に売ったやつだけ教えて下さい」

「ちょっと待って下さいや」

　文字が送られた。

「——二個ですな。日付は六月四日と十月二十五日」

十月二十五日が有力だ。私は余沢の写真を取り出した。

「店の人に訊いてくれませんか。トランス買《こ》うたん、この男やないかと」

「よろしおまっせ」

橋野は写真を持って部屋を出て行った。

「便利な世の中になりましたなあ」

マメちゃんがいう。「こうやってキーを押すだけで何でも分る」

私とマメちゃんはきのうまで日本橋を巡り歩いていた。ほとんどの電器店がコンピューターを導入していた。

橋野が戻って来た。

「すんまへんな。誰も憶《おぼ》えがないというてます」

「そうですか……どうも」

写真を受け取り、ひとつ頭を下げて外へ出た。

「次はどこや」

「勝山《かつやま》です。バスに乗りましょか」

「歩こ。急ぐ旅やない」

アルス電気のＳＷ２２３型トランスは年間四百台生産され、うち約百二十台が大阪府下に卸されている。我々はアルス電気から卸先のリストをもらい、所轄捜査員四人の応援を得て訊込みを続けている。

　ポツッと来た――。

「雨や」

「ほんに、久しぶりですな」

「タクシー拾《ひら》お」

「さっきは歩くというたのに」

「ミナミへ行くんや。たまには寄席見物もええで」

「また脱線ですか」

「人間、働くばっかりが能やないわい」

道頓堀《どうとんぼり》。中座《なかざ》を出た。雨はやんでいた。

電話のボタンを押しながら、ふとわるい予感がした。

「マメちゃん、代わってくれ」

受話器を手渡した。

「あ、班長。亀田です」

と、マメちゃん。「えっ――すんません――いや、別に、その――」しどろもどろ。

「はい、了解。すぐ行きます」

受話器を置いた。マメちゃんは肩をすくめて、「黒さん、えらいこっちゃ。余沢が見つかった」

「逮捕したんか」

「死体でね」

難波《なんば》から天王寺。近鉄南大阪線で奈良県御所《ごせ》市へ。近鉄御所駅へ着いたのは午後六時だった。駅前からタクシーに乗り、国道二四号を南へ。室《むろ》を過ぎ下茶屋《しものちゃや》を左に折れる。

通称、巨摩山《こまやま》。一車線の山道、曲りくねった登り坂が続く。人家は見当らず街灯もなく、まわりは墨を流したように暗い。ハイビームのヘッドライトを受けて、ガードレールだけが白い帯になって浮かび上る。

道が水平になり、いつしか下り坂になった。峠を越えたようだ。

左に広場。材木の集積場らしい。積まれた丸太の脇に二台のパトカーと五台の乗用車が駐《と》められている。

タクシーを降りた。パトカーのそばに制服警官がいる。御所署員だろう。

「現場、どこです」

手帳を見せ、マメちゃんが訊いた。

「この奥です。林道を登って下さい」

「検死は」

「ついさっき終りました」

「死因は」

「餓死と聞きましたけど」

「餓死？　つまり、飢え死にですか」

マメちゃんは鼻の頭をひとかきして、「すんません、懐中電灯、貸してもらえますか」

林道は階段状になっていた。二メートルごとに間伐材で土留めが施されている。

「ハイキングですな、え」

「そんなええもんか」

マメちゃんのあとを、足許《あしもと》を確かめながらゆっくり登る。地面がぬかるんでいる。

「余沢、こんな山奥で何してたんやろ」

「隠れてたんやないか」

「何も食わずに、ですか」

「食欲がなかったんやろ」

「うわっ！」

「どないした」

「大きなミミズ」

「あほたれ」

階段を登りきると、道はゆるく左にカーブしていた。尾根を十分ほど歩いて、右下の樹間に明かり。せせらぎの音が聞こえる。マメちゃんと私は雑木林に分け入った。熊笹の茂みの向こう、そこだけ傾斜のない狭い窪地《くぼち》に服部と沢居が立っていた。服部はたばこを吸っている。

「遅うなりました」

私はいった。「えらい山ん中ですがな」

「わしゃ寒いわい」

「死因は餓死ですか」

「ああ。検死官はそういうた。それと余沢、足を折っとる。右の大腿骨《だいたいこつ》や」

「どの程度の骨折です」

「そいつは、剖検してみんことには分らん」

「死亡推定日時は」

「十一月十六日から十七日いうとこや」

「発見者は誰です」

「御所市朝町《あさまち》の小川《おがわ》敏秀《としひで》。六十五の隠居や」

「隠居が何でこんなとこへ」

「毎日、犬の散歩をさせるんや。同じ時間帯、同じコースを。小川がいうには、林道を歩いてたら、犬がえらい勢いで吠《ほ》えながら雑木林の中に入って行こうとする。仕方なしについて行ったら、切り株の下に人間の足が見えたと、こういうこっちゃ」

「余沢の所持品は何です」マメちゃんが訊《き》いた。

服部はたばこを捨て、靴先で踏み消しながら、

「免許証、キャッシュカード、自分の名刺、テレフォンカード、アドレス帳。それと現金が三万八千六百円」

「何や、余沢、金を持ってたんや」

「それがどないした」

「ぼく、金がないから、何も食えんと餓死したんかなと思いました」

「教えたろ。近ごろはな、金持ちほど飯を食わんのや」

「ああ、そうですか」

ふんと鼻であしらうようにマメちゃんはいい、「仏さん、拝ましてもらいますわ」

服部のそばを離れた。

ライトの中、大きな切り株のすぐ下にスエードの靴が見える。

余沢は切り株に身をもたせかけ、両足を前に投げ出していた。手は腹の上に組んでいる。

「着たきりすずめやで」

　黒のウインドブレーカー、茶色のとっくりセーター、グレーのコーデュロイスラックス——。余沢の服装は七日夜、私たちが彼を尾行した時と同じであった。

「あれから二週間。逃亡生活も楽ではおませんな」

「こら、まるっきりミイラやで」

　余沢の顔はしゃれこうべそのものだった。眼窩《がんか》は陥没し、頬骨が飛び出している。皮膚は青白く干からびて、唇には何本もの深い縦皺《たてじわ》がある。

「ぼく、こんなん初めてですわ。この飽食の時代に飢え死にとは、ほんま珍しい」

「余沢、憧《あこが》れとったんや」

「何に」

「即身仏」

　私は立ち上り、手を合わせた。

「けど黒さん、ぼく、やっぱり腑《ふ》に落ちませんわ」

「何がや」

「余沢、何で飯を食わんかったんです」

「まだそんなことというとるんか。……そら、死を覚悟しとったからやないか」

「そんなに死にたいんなら、首吊《つ》るなり、崖《がけ》から飛び下りるなりしたらよろしい。何日もものを口にせず、坐《ざ》して死を待ってなこと、ぼくには理解できません」

「マメちゃん、おまえ、考えすぎや。余沢は山中に潜行、足を折って自由がきかへんし、食い物がなくて死んだと、それでええやないか」

「そやけど……」

いいかけて、マメちゃんは口をつぐんだ。腕を組み、眼を天井にやって、うんうん唸《うな》る。時々、こういう神経症を患う。

「くそっ、それにしても遅いな」

私は時計を見ながら舌うちする。「もう二時間以上経つで」

「よろしいがな、こうやってボーッと坐《すわ》ってるのも」

「わしゃ、待つということが大嫌いなんや」

「そんなに急ぐんやったら、解剖室で立ち会いしはったらどないです」

「わし、もうひとつ嫌いなことがある」

「何です」

「血を見ること」

南都大学法医学教室。廊下のベンチに腰かけて、私とマメちゃんは余沢の解剖を待っている。剖検が終り次第、所見を持って帳場に帰る。

ドアが開いた。出て来たのは執刀医の宇部《うべ》助教授。小《こ》肥《ぶと》りの体に青い予防衣と白いゴム長靴。心なしか血のにおい。

「終りました」

宇部は帽子をとりながら、「所見はぼくの部屋で」

短くそういって、歩き始めた。


「正確には凍死ですね。何も食べずに衰弱したところへ山の寒さ。夜を越せなかったんでしょう」

宇部は椅子に腰を下ろし、ゴム長靴をスリッパに履き替えながらいう。「死体は著しく痩《や》せて、内臓器は容積および重さとも減少しています。胃の中に二百ccの水、大腸内に兎《と》糞《ふん》様の糞塊、胆のう内に多量の胆汁、胃腸管収縮、肺炎像あり。血中および消化器より、アルコール、毒物等検出されず。ただ、少し妙なことに……」

「妙なこと？」

「喉頭《こうとう》内に十五ccほどの水が入っていました」

「はあ……」

「で、窒息死の可能性もなくはないので、念のため、その水を顕微鏡で覗《のぞ》いてみたんですが……」

「そ、それで」

「プランクトン。プランクトンが検出されたんです。ぼくもあまり詳しくはないんですが、おそらく、あれはミドリムシじゃないかと思います」

「すんません、ぼくら、そういうことに弱いんです」マメちゃんがいった。

宇部は遠くを見るような眼で、

「一般的にプランクトンは、あまりきれいじゃない水溜《みずたま》りなどに多く棲息《せいそく》するんです。それがなぜ被検者の喉頭内にあったのか……」

「余沢、そこいらの水溜りの水を飲んだんですわ」と、私。

「けど黒さん、憶《おぼ》えてますか」

マメちゃんがいう。「あの、余沢の死体が発見された現場、そばに水溜りなんかなかったです」

「下の谷に、川が流れてたがな」

きのう、余沢の死体を見分したあと、我々は遺留品を求めて現場周辺の捜索をした。林道を五十メートルほど下りたところに小さな渓流があり、そこで私は水を飲んだ。冷たくてほんのり甘い味がした。

「余沢は川の水を飲んでから、あの切り株のところまで這《は》い上り、そこで息絶えたんかもしれん」

「しかし、それはどうでしょうね」

宇部がいう。「谷川の水にミドリムシがいるでしょうか」

「先生」

マメちゃんの真剣な表情。「そのプランクトンの水、まだありますか」

「棄てるはずはありません。広口ビンに入れて保存しています」

「この大学、生物学の専門家もいてはるんでしょ」

生物学教室。宇部は研究員の谷井《たにい》を私たちに紹介した。谷井は水域の栄養状態とプランクトン相の関係について研究しているという。

「プランクトンはですね」

谷井は広口ビンにピペットを差し込みながら、「浮浪者という意味なんです。水の中に浮かび、波の間に漂う生物群の総称です」

「それは、例えば？」マメちゃんが訊いた。

谷井はピペット内の液をプレパラート上に移して、

「原生動物、節足動物、輪形動物、藍藻《らんそう》、珪藻《けいそう》、緑藻などです」

「清流と水溜りでは、プランクトンの種類が違うんでしょ」

「もちろんです。山地のきれいな川や湖の水は貧栄養型、人家近くの田畑や下水は富栄養型で、プランクトンの量も種類も後者の方が圧倒的に多いですね」

谷井はプレパラートを顕微鏡にセットし、観察を始めた。もう喋《しゃべ》らない。時おり、接眼レンズのリボルバーをまわす。

私は傍らの椅子を引き寄せて坐った。マメちゃんは立ったまま。宇部は自室に戻った。

谷井が顕微鏡から顔を上げた。

「珍しいですね」

「どないです」と、マメちゃん。

谷井はこちらを向き、両膝《りょうひざ》に手を置いて、「桿菌《かんきん》、球菌など細菌類が少しと、これらを餌とするミドリムシを観察したんですが、妙なことにミドリムシはどれも葉緑体がほとんどなく、体色も白化しています」

「あの、もうちょっとかみくだいて教えてもらえませんか」

「つまるところ、これは井戸水ではないかと思います。それも、あまり使用されていない井戸。地下水は湖沼、河川のような地表水に対して、地表に出ない洞窟《どうくつ》や井戸などの水域で、一般に暗黒またはそれに近い状態にあります。しかも、他の水域と直接連絡がなく、隔離されている。したがって、ここに棲息する動物は眼が退化し、体色が白化するんです。……それともうひとつ、緑藻や珪藻などの光合成を行う植物性プランクトンが見られないことも、この推論を補強します」

実に意外な結果だった。余沢は井戸水を飲んでいた――。

「余沢はどこぞ別の場所、井戸のそばか洞窟の中で凍死した。死体発見現場の近くに井戸や洞窟はない」

十一月二十二日、午後三時、捜査会議は始まった。

宮元は私とマメちゃんの持ち帰った解剖所見に眼をやって、

「余沢の死亡推定日時は十六日から十七日。死体発見は二十一日。犬と隠居は毎日林道を歩いてるのに、何でもっと早《はよ》う死体を発見せんかったんか。……それは余沢の死体が二十日の夜か二十一日の朝、何者かによってあの雑木林の中へ遺棄されたからや。余沢の右の大腿骨《だいたいこつ》は亀裂《きれつ》骨折で、骨折部に薄く軟骨が張っていることからみて、折れたんは少なくとも十日以上前。余沢はおそらく、自力では動きにくい状態にあったと考えられるし、そう考えたら、死体の移動についても、喉頭内の水とプランクトンについても合点の行く答えが得られる」

「ぼく思うんですけど」

マメちゃんが手をあげた。「その何者かが……仮にＡとしますけど、Ａが死体を移動したという事実にかなり濃厚な犯意を感じます。Ａの存在すなわち、これは浅川、植田、余沢、三人の枠内で収束する事件《ヤマ》ではないということを示唆してます」

「そう、そのとおり」

宮元は深くうなずいて立ち上った。「余沢は死んだ。これは正直いうて、痛い。……浅川と植田、この二人を殺したんが余沢であると判定するには決め手となる物証があまりにも少ない。余沢の車のトランクから採取された甲田遺跡の土と浅川の髪の毛、余沢の家の焼却器にあった浅川のバッグの留め金具類、甲田遺跡の櫓《やぐら》にあった動力線の削り滓《かす》、配電盤小屋脇の穴から見つかったトランスのラベル、と、つまるところ物証といえるもんはこの四つしかない。浅川殺しはともかく、植田殺しについては、まだ推理推論の域を脱してへんともいえる。……しかし、ここに新たなる捜査対象、Ａが浮上して来た。……Ａが一連の事件にどうかかわったかは分らんけど、少なくともＡは余沢の周辺におる人物であることに違いはない。考古学研究所、文科大、対象を広げて関西考古学界、その中にＡは存在する」

「今まで帳場に名前のあがった連中、もういっぺん洗い直さなあきませんな」と、服部。

宮元に反応はなく、

「話は変わるけど、今日、九州大から回答があった。例の壁画、どこの古墳のものでもない」

　横穴式石室に見られる彩色壁画は北九州を中心に発達し、その発見は福岡県、佐賀県、熊本県の古墳にほぼ限られている。宮元は余沢家の捜査で得たポラロイド写真を九州大学考古学研究室に送付し、それがどこの古墳を撮ったものかを問い合わせていた。

「あれ、古墳壁画であることにはほとんど疑いがないそうやが、その来歴はまるで分らん。それどころか、九大からはその壁画古墳が特定でき次第、教えてくれという依頼や」

「そら、話が逆ですがな」

　島谷がいった。「ひょっとして余沢、盗掘したんかもしれませんで。あいつ、スタンドプレーが得意やし、どこぞ未調査の古墳を掘りよったんです」

　江阪満正から聞いた獅子塚古墳発掘の顚末《てんまつ》は全捜査員が知っている。写真を手に入れた際、マメちゃんが宮元に報告した。

「古墳の盗掘孔いうのは、せいぜい三、四十センチ四方の穴ですわ。そやし、あの写真はその穴から手とカメラだけを中に入れて、ファインダーを覗かずに撮影したもんやないかと思うんです。ピントがぼけてるのも、フラッシュの光量が足らんのも、それで説明がつきますわ」

島谷は年に似合わぬ論理的な意見を吐く。

「ほな島さんは、余沢がどうやって写真を手に入れたと考えるんや」

「さあ、どうですやろ。自分で撮ったんではないと思うけど」

余沢家にポラロイドカメラはなかった。益美も、余沢がそれを持っていないといった。

「余沢には子飼いの考古学マニアがおるし、そういう連中を使《つこ》うた可能性もありますな」

「ふむ……図式としては、それがいちばん有力やな」

「Aは案外、マニアのひとりでっせ」沢居がいった。

「よっしゃ、分った。余沢の死体遺棄の件、しばらくはこれや」

宮元は指で口にチャックをする。「Aをあぶり出すまでは妙な警戒心を起こさせたらいかん。余沢は逃走の末、巨摩山中で死亡と、こういう設定で行く」

10

十一月二十三日。私とマメちゃんは大阪文科大学へ向かった。

考古学研究室には、助手の高橋と秦野がいた。今村と榎本は食事に出ているという。

　私たちは高橋を学内食堂に誘った。

「こんなこと訊《き》いて気をわるうせんとってほしいんですけど、十六と十七日、それから二十日と二十一日、高橋さんはどこにいてはりました」

　コーヒーにミルクを落としてマメちゃんが訊いた。十六、十七日は余沢の死亡推定日、二十一日は死体の発見された日である。

　高橋は眼をしばたたかせながら、

「ここ半月は現場と家の往復です」

　高橋は竹渕遺跡の発掘調査主任である。

「家には何時ごろ帰ります」

「遅くとも九時です」

　高橋は独身。自宅はマメちゃんと同じ千里ニュータウンにあって、両親、妹と同居している。

「夜、外出するようなことはなかったですか」

「ありません。毎日、調査報告書の作成です」

　色黒の顔に細い眼と厚い唇、高橋は背が低く、ひどく肥《ふと》っている。間違っても女にもてるタイプではない。研究者として大成するだろう。

「分りました。お忙しいとこを、どうも」

私はいって、高橋にお引き取り願った。次は秦野史子である。

「黒さん、えらい嬉《うれ》しそうな顔してますやないか」

「ほうか、そう見えるか」

「よだれ、よだれ。しゃきっとしなはれ」

——史子が来た。

私はカウンターに走ってレモンティーを注文した。先日の昼食の際、史子がレモンティーを飲んだことを憶《おぼ》えている。

席に戻り、史子の前にカップを差し出した。

「あ、すみません」

史子がいう。今日は髪をおろしていて、それを時おり指でかきあげる仕草に、いつにも増して女らしさを感じる。

「あの、これは参考までにお訊きするんですけど——」

マメちゃんは高橋に訊いたと同じことを質問し、史子は——十六、十七日は友人の結婚式に出席するため、岡山の実家、二十日の夜は豊中のアパートにいて外出はしていないと答えた。

「別に疑《うたご》うてるわけやないんですが、秦野さんがアパートにいてはったこと、誰に確かめたらいいんですかね」

「それは……」

史子は少し考えて、「お隣の学生さんに訊いていただいたら。名前は泉谷《いずたに》栄子《えいこ》さん。宣和女子大学の三回生です」

「イズタニエイコ」

マメちゃんはメモをして、「話は変わるけど、秦野さん、浅川研究室が手がけてた発掘調査で、壁画古墳いうのは何例ありました」

「一基です。明日香の獅子塚古墳がそうでした」

「余沢氏が持ってた壁画の写真、秦野さんは」

「拝見しましたけど……」

私が見せたのだ。

「あれ、北九州の古墳ではなかったんです」

「じゃ、どこの」

「今のところ、撮影場所不明。秦野さんに心あたりは」

「北九州でなければ、他には思いあたりません」

「盗掘、いうのはどうです」

「まさか……」

「けど、そうとでも考えんことには、あの写真に対する説明がつかんのです」

「だったら、外国の古墳と考えることはできないかしら」

「えっ……」

「中国、朝鮮半島、装飾古墳は日本だけのものではありません」

「そうか。そこまで頭がまわりませんでした」

マメちゃんはあっさりそういい、「甲田遺跡、浅川研究室と考古学研究所の共同調査でしたね。調査の進め方とか予算配分はどっちが主体で？」

「どちらがどうということはなかったと思います。調査主任の余沢さんと浅川先生が相談してお決めになっていたんじゃないでしょうか」

「その過程において、二人の仲がこじれるようなことなかったですか」

「それは知りません。お二人とも大人です」

「十一月一日の夜、浅川教授はキタのクラブで文化財土木工業所の佐久間社長と酒を飲んでます。そういうつきあいも考古学教授の仕事のうちですか」

「さあ、そういったことは……」

「工事業者の選定とか発注は浅川教授の一存で？」

「それはやはり、調査主任と浅川先生が……」

史子は俯《うつむ》いて、「私、詳しくは知らないんです」

「いや、すんません。ちょいと生ぐさいことばっかり訊いてしまいました」

マメちゃんは頭をかく。

学生が数人、食堂に入って来た。私は時計を見て、

「今村助教授、午後の予定は」

「堺《さかい》です。西峯《にしみね》丘陵遺跡の現地説明会に出席します」

「それやったら早《はよ》う捕まえんと」

椅子を引いた。

「一日の夜ですけど、大垣グランドホテルに電話が入って、浅川教授はどういいました」

「学会のようすを訊《たず》ねられたんです」

「それで、今村さんは」

「講演の内容と、懇親パーティー出席者の顔ぶれを手短かに報告しました」

私とマメちゃんが研究室に戻った時、今村はコートを手に外出しようとするところだった。十分だけ――今村は時間を切り、私たちを本館一階の会議室に案内した。折りたたみの長テーブルとパイプ椅子があるだけの殺風景な部屋である。

「浅川教授、どこから電話してるといいました」

マメちゃんが訊く。今村は少し不満げな表情で、

「聞いてはいませんが、ざわついた感じがしたので、どこかの店じゃないかと思いました」

「新地のエチュードいうクラブです」

「それはあとで知りました」

「浅川教授はよう飲みに行きましたか」

「週に一、二度ですかね」

「業者の接待ですか」

「そういう言い方は不適切じゃないのかな」

今村は眉根《まゆね》を寄せる。「相手が業者であれ何であれ、発掘調査に関して定期的な意思の疎通をはかるのは必要不可欠です」

「こら、どうも、言葉不足でした」

マメちゃんはポンと額を叩《たた》いた。「訊き直します。浅川教授が意思の疎通をおはかりになる機会は」

「そりゃあ、たまにはあったでしょう」

「今村さんにその種のお誘いは」

「浅川先生のおともで飲んだことはあります」

「余沢さんとはどうです」

「ま、何度かは……」

今村は小さく答え、あとの言葉を濁した。

「——と、助教授の今村先生はそんなふうにいうてたんですけど、余沢さんがこの店に顔を出すことありましたか」

マメちゃんの問いに、エチュードのママ、正木《まさき》ひとみは着物の襟を指先で直しながら、

「そうですね、月に一度くらいはお見えになりましたかしら」

「それは、浅川教授といっしょに？」

「ごいっしょの時もあれば、おひとりの時もあります。浅川先生がお亡くなりになってからはいらっしゃってません」

「というと、余沢さんが最後にこの店へ来たんは」

「十月の中旬だったと思います」

「その時、どんな話をしました」

「さあ、そうおっしゃられても、私は同じ席に長くはつきませんから」

ひとみは店内を見まわして、「あっちゃん、ちょっと」

奥のシートで顔を直している女の子を手招きした。

彼女は立ってこちらに来て、

「明子《あきこ》です、よろしく」

一礼し、ひとみの隣に腰を下ろした。

「この子、余沢先生のお気に入りなんです」

ひとみはいい、明子に向かって、「刑事さんにお答えして」

「は、はい」

明子はこっくりうなずく。年は二十歳ちょっとすぎ、緊張した面持ちだ。

「もうひと月以上経つけど、思い出してほしいんですわ」

私がいった。「余沢先生と最後に話した時、どんなようすやったかな」

「そういわれても……」

明子は組んだ両手の指を伸ばしたり曲げたりしながら、「いつもといっしょでした。

何か楽しい話をしてくれて」

「その楽しい話の内容は」

「さあ、どんなんやったやろ」

「仕事の話はせんかったかな」

「憶《おぼ》えてません」

「人の噂話なんかは」

「それも憶えてません」

「ほな、いったい何を喋《しゃべ》ってたんです」

「そやから、楽しいお話です」

どこかかみあわない。酒席の話題をいちいち憶えておけというこちらの要求が無理なのか。

「余沢先生が帰る時、これから誰ぞに会うとかいうてませんでしたか」

マメちゃんがいった。明子はかぶりを振る。

「すみません。この子、まだ一年生ですから」

ひとみが言いそえる。私は思いついて、

「ママ、今村さんはいつも浅川教授の腰ぎんちゃくですか」

「そうですね。でも、おひとりでいらっしゃることもあります」

「それは、月に何べんくらい」

「二、三度、でしょうね」

「余沢さんや今村さん、払いは自分で？」

「いえ……」

「ほな、浅川教授が？」

「いえ、それも……」

「なるほど。勘定書は佐久間土木へまわしてくれと、そういうことですな」

「ええ、まあ……」ひとみは曖昧《あいまい》にうなずく。

私はたばこを咥《くわ》えた。明子がポシェットからマッチを出す。擦ろうとするのを手で制して、

「失礼やけどママ、この店、ひとり何ぼほどしますの」

「ボトルキープのお客様で約三万円です」

「そらおとろしい」

余沢はともかく、業者の接待は受けていないといっていた今村が、この店だけでひと月に六万円から九万円を飲む——。どこかひっかかる。刑事のカンに触れるものがある。

「他に、余沢さんや今村さんの行きつけの店、ママは知ってますか」

「さあ、それは……」

ひとみが首を傾げた時、

「私、知ってます」

いったのは明子だった。まっ赤な唇を尖《とが》らすようにして、「一ヵ月くらい前でした。私、たばこを買いに外へ出たんです。その時ちょうど今村先生が本通りを歩いてて、

私、挨拶《あいさつ》しようとしたんやけど、気がつきはらんと、前のビルの階段を降りて行かはりました。夜の十時ごろでした。先生はおひとりで、ちょっと酔うてはったみたいです」

「そらええこと思い出してくれた。わるいけどあんた、その店に案内してくれへんかな」

「いいですよ」

あっさり同意して、明子は腰を上げた。

その明子の背中に、ひとみは責めるような視線を送っていた。

――外へ出た。六時。すべてのネオンに灯が点《とも》って、新地は夜の顔になっていた。

明子は足早に前を歩き、筋向かいのビルの手前で立ち止まった。地下へ降りるタイル張りの狭い階段を指さす。

「ここです。このお店」

「いや、どうも、ありがとう」

「刑事さん」

「はあ……」

「私、今村先生嫌いです」

「ほう、そらまた、何で」

「あの人、自分のこと鼻にかけるんです。大学の先生や、いうて」

「そらあきませんな」

「そのくせ、いやらしいんです」

「どういやらしいんかな」

「とにかく、いやらしいんです」

「それでは分らん」

「お金でね、誘うんです、私を」

いうなり、明子はひらっと手を振って、エチュードへ戻って行った。

「変わった子ですな」マメちゃんがいった。

「けっこうかわいいがな」

「個人的におつきあい願《ねご》うたらどないです」

「先立つものがないわい」

階段を降りた。濃い緑色の木彫扉に金文字で「ロードス」、会員制だ。

「高そうな店やな」

「今村、ひと月に相当飲んでまっせ」

「マメちゃんもそう思うか」

「何となくにおいますわ。どこで、どう金の都合をつけとるんやら」

「女の誘い賃まで佐久間は出さんやろし、な」

扉を押した。

いらっしゃいませ、声がかかる。中は意外に明るく広い。カウンターの向こうに七つのボックス席、女の子が十人以上いる。

黒の三つ揃い、蝶《ちょう》ネクタイの男が来た。私とマメちゃんを下から上に見て、

「申しわけありません、当店は」

「いや、わしら、ややこしい者《もん》やおません」

小さくいって手帳を呈示した。蝶ネクタイは表情を硬くして、

「どういうことでしょう」

「おたくさん、この店の？」

「マネージャーです」

「そらよろしい。ここでは何やし、外でお茶でもどうです」

新地本通りを一筋南に入った喫茶店。注文したコーヒーが来るまでに、ロードスのマネージャー、三波洋一《みなみよういち》は、今村が一年前からの客であること、初めは「日栄興産」の開発部長、辻清治《つじせいじ》の紹介だったこと、最近は毎週のように来店することを我々に話した。

「その、日栄興産いうのは何の会社です」

「不動産です」

「不動産……それ、ほんまですかいな」

考古学者と不動産業者、どんなつながりなのだろう。「開発部長と今村さん、どういうきっかけで」

「さあ、そこまでは。辻部長が連れて来られるお客さんは、たくさんいらっしゃいますから」

「今村さんの勘定は日栄興産ですな」

「そうです」

三波は脚を組み直した。ズボンの折り目が気になるのか、膝《ひざ》のあたりを指先で引っ張る。

「マネージャーは、余沢清というの知ってますか」マメちゃんが訊《き》いた。

「知ってます。考古学研究所の副所長でしょ」

「余沢、ロードスに来るんですか」

「いらっしゃいます。というよりは、いらっしゃいましたといった方がいいかな。刑事さん、あの事件のこと調べているんでしょ」

小声でそういい、三波はにやっとする。食えない男だ。

「ほな、今村氏と余沢、いっしょに顔を出すんですか」

「そうですね。別々にいらっしゃって、店で合流することが多かったようです。余沢先生は今村先生の紹介です。辻部長と余沢先生、直接の面識はないはずです」

「浅川亮介いうのはどないですの」

「殺された文科大の先生でしょ。店には来られてません」

「すると、今村氏の連れは余沢だけ？」

「そう……」

いいかけて、三波は額に手をあてた。「三、四回だったか、女性を同伴されたこともありましたね」

「女？　誰です」

「名前は知りません。ほとんど口はきかないし、服装も地味だったから、水商売じゃないことは確かです。今村先生は親戚《しんせき》の娘さんだとかおっしゃってましたけど」

「その娘さん、余沢とは」

「余沢先生は女性の存在をご存じないと思います。今村先生も、どちらかといえば、そのことを知られたくないような感じでしたから」

「娘さんの特徴は」

「ほっそりとした美人でしたね」

三波は後ろにもたれかかった。内ポケットから出したたばこを腕の時計に打ちあてながら、

「年は二十代前半。髪の長い、色白の、眼のちょっときつい……」

「けっこうです、それで」

私がいった。いずれ、今村から聞けばいい。「日栄興産の電話番号教えてもらえませんか」

「三九一の――」

三波はすらすらと番号をいった。私は書きとめて、

「そらでいえるんですな」

「名前と顔を覚えるのが私たちの仕事です」

「また分らんことあったら、ロードスの方に連絡しますし、その時はよろしく」

「だったら店に来て下さい。酒でも飲みながらの方が、話が弾むでしょ」

咥《くわ》えたたばこに、三波は漆塗りのデュポンで火を点《つ》けた。その醒《さ》めた愛想笑いの底に、安月給の刑事にはとてもそうはできまいという嘲弄《ちょうろう》を感じたのは私のひがみだろうか。

喫茶店を出て、日栄興産に電話を入れた。辻開発部長は外出中で、八時には帰社す

るという。私は会社の住所と地理を聞いて電話を切った。

「地下鉄の新大阪や。改札口を出て、新御堂筋《しんみどうすじ》を北へ二百メートル。十二階建の白いビルや」

「八時やったら、まだ間がありまっせ」

「飯食お、飯」

「この辺、どこも高いでっせ」

「新大阪で食うたらええ」

――午後八時十分、ビルの中に入った。

玄関ホール。建ったばかりなのだろう、全面に大理石を張った柱と壁にはガラスのような光沢と艶《つや》があった。

七階。日栄興産はワンフロアの半分を占めていた。

「けっこう大きな会社ですがな」

「こけおどしや」

淡いスモークのガラスドアを押した。

カウンターの向こう、百平米ほどの広い空間を低いスチール製のパーティションで区切って、左を事務室、右を応接室と会議室にしている。制服の女性事務員がこちらに来て、私とマメちゃんを応接室に通した。

チョコレート色のソファ、マメちゃんはクッションを確かめるように跳ねながら、

「ね、黒さん、これ革でっせ」

「合成やろ」

「いや、本物ですわ」

マメちゃんは背もたれに鼻を近づけた。「クン、クン……やっぱり革や。ここ、儲《もう》けてまっせ。地上げ屋と違いますか」

「革のソファ、イコール地上げ屋。ものすごい短絡やな」

「知ってますか、短絡は発明の母なんです」

相手にできない。

「水、ほしいな」

「ぼくはお茶。渋いやつ」

「贅沢《ぜいたく》いうな」

「ぼく、単なる水というのはあきませんねん。何となくみじめったらしい」

「喫茶店行ったら、何杯もお代わりしてガボガボ飲んどるやないか。タダやと思て」

「あれは水が入ってますがな」

――と、そこへ男が入って来た。ほとんど黒に近いグレーのスーツ、小肥《こぶと》りの赤ら顔、半白の髪をオールバックにしている。

「辻と申します」名刺を差し出した。

「府警捜査一課の黒木です。こちら、亀田刑事」頭を下げた。

「さて、どういうご用件ですかね」

辻はゆっくりとソファに腰を下ろした。刑事二人を前にして当惑したようすはない。

「辻さんは、文科大の今村助教授をご存じですね」

「なるほど。例の遺跡殺人事件ですな。……ええ、知ってます。今村先生とは懇意にさせてもろてます」

「どういう関係ですか」

「それはですな……」

辻はソファに浅く坐《すわ》り直した。

二年前、日栄興産は羽曳野市埴生《はにゅう》山に一万坪の住宅地を造成した。造成地内には小さな円墳が一基あり、その発掘調査は大阪文科大考古学教室が行った。今村は発掘責任者であり、三カ月にわたる調査終了後も、辻は時々は食事や酒を共にしながら、今村から古代史や遺跡の話を聞いたりしている――。

「これは、いわば私の個人的な趣味でしてね、今村先生のお話、たいそうおもしろい。縄文や弥生、古墳時代の文化、生活……古代史はロマン、壮大なロマンです」

「知的好奇心が旺盛《おうせい》なんですな」

「いや、いや、そんなことは」

辻は鷹揚《おうよう》に笑ってみせる。が、眼は笑っていない。

「辻さん、新地のロードスの常連さんですな」

「接待でよう利用します」

「今村先生とは」

「たまに行きます」

辻は眼を逸《そ》らした。刑事相手に平然と嘘をつけるほどの度胸はないらしい。

「ね、辻さん」

低く切り出した。「わしら、これでも一課の刑事ですねん。殺人、強盗、放火、凶悪犯罪が専門ですわ。おたくのいう個人的な趣味や酔狂でこんな強面《こわもて》の商売しとるんやおませんで」

「は……」辻の表情に怯《おび》えが走る。

「あんた、嘘はあきませんな、嘘は」

「そ、そんな……」

「いうたらわるいけど、辻さん、一介の開発部長ですがな。その開発部長が、タニマチ気取りで学者を連れ歩くてなことができるわけがない。あんた、今村とよう飲み食いするとかいうけど、ロードスでは今村、いつもひとりでっせ。それで勘定は日栄興産持ち。社長でもオーナーでもないあんたの道楽に対して、会社が金を出すわけあらへん」

「…………」

「正直にいうてもらいましょか。日栄興産が今村の面倒を見るほんまの理由は何ですねん」

「ほんまも何も、私は……」

辻の消え入りそうな声。ここが押しどころだ。

私はかんで含めるように、

「我々はあくまでも浅川殺しの捜査でここに来てるんであって、おたくや日栄興産をどうこうしようというてるんやない。今村に対してそういう忠義立てをするんは、裏によほど後ろ暗いとこがあると考えざるを得ませんな」

「…………」

「どうですねん。どこまでもシラを切るというんなら、こっちにも対処の仕方がおまっせ」

「分りました。いいます」

辻は膝《ひざ》を揃えた。「今村先生には顧問的な仕事をしてもろてます」

「顧問？」

「うちの会社、宅地の開発造成ではかなりの実績と伝統があります。で、最近は関西新空港建設をにらんで南大阪を主に手がけてるんですけど、あの一帯、いたるところに古墳があるし、ちょっと掘ったら必ずというていいほど遺跡や遺構が出て来る。それで、取得した山林や畑を造成する時は――」

大阪府建設局の土木課に開発許可を申請し、土木課はそれを教育委員会に報告。教育委員会からは埋蔵文化財担当技師が現地に赴き、申請地にテストピットやトレンチを入れて事前調査をする。そこで予想どおり遺跡、遺構が発見された場合、多くは受益者負担により本格的な発掘調査が行われることになる。

「刑事さんは最近の調査費、何ぼか知ってはりますか。坪あたり三十万を超えることもあるんです」

「そういや、そんなこと耳にしましたな」

マメちゃんがいった。「余沢に聞いたんや。甲田遺跡の現場で。あそこ、ショッピングセンターになるとかいうてた。……ほな、受益者負担というのは、発掘調査費は開発業者が？」

「そう、そのとおりです。だから、私らは今村先生に……」

「顧問料を払《はろ》うて、色々とアドバイスをしてもらう。このあたりはやばい、造成したら遺跡にぶち当るかもしれんと」

「それだけやありません。いざ事前調査で遺跡が出てきたとなると、あとは先生の口ききで優先的に発掘をしてもらわないかんし……」

「ちょっと待った。その優先的いうのは何ですの」

「開発造成すなわち、遺跡の破壊です。その場合、しかるべき調査をして、必ず発掘調査報告書を作成せんといかんのです。……ところが、その発掘調査をするには技師がまるっきり不足してます。ちなみに、去年の大阪府下の文化財発掘届け出件数は六千件。対するに、考古学技師はたったの二百五十人。ただ漫然と順番を待ってたら、発掘は二年、三年先になってしまうし、実際そんなに長い間土地を遊ばせておくわけにはいきません」

「優先的発掘よりも、調査そのものを小さく収めてもらうような働きかけはせんのですか」

「はっきりいうて、そういう望みはあります。もっと大手の開発業者は議員を使《つこ》うて、調査を形だけで済ませるよう工作することもあるようです」

「キツネとタヌキの化かしあい、ひとつ裏へまわったらまっ黒けのどろどろですがな。何ぼ受益者負担やいうたところで、その種の調査費はみんな業者が経費にリンクさせるわけやから、とどのつまり、しわよせは宅地の購買者がかぶる。ばかを見るのは善良な市民だけ、いうことや」

持ち家志向のマメちゃん、天井を仰いで長嘆息する。

「辻さん、浅川教授の失脚を知ってましたな」

私はいった。「そやし、次期教授と目される今村に積極的に近づいた」

「………」

「顧問料、いったいいくらですねん」

「それは……」

「ここまでいうといて、あとは口をつぐむてなことできませんで」

「十万円。月に十万円です」

「浅川教授は今村の顧問云々《うんぬん》を知ってましたか」

「知りません。今村先生がロードスへ出入りしてたことも内緒です」

「今村に口止めされてたんですな」

辻は黙ってうなずく。

「ほな辻さん、親分の浅川に金を出したことはないんですか」

「顧問料的なものは払ったことありません」

「と、いうと」

「五年ほど前やったか、府下の中堅どころの不動産や土建業者が会費を持ち寄って、浅川先生の論文集を作りました」

「一口何ぼです」

「これですわ」辻は指を三本立てた。

「三万ですか」

首を振る。

「ほな、三十万。……大金や」

「必要経費、ですな」

辻は卓上の石造りのライターを手にとって、ソファにもたれこんだ。腹の上で火を点《つ》けたり消したりする。居直ったような感じがしないでもない。

私はネクタイを緩めて、

「辻さん、余沢とのつきあいはなかったんですか。余沢は今村とロードスにも何べんか顔を出してまっせ」

「それは知ってましたけど、アプローチはしてません」

「理由は」

「考古学研究所は財団法人です。下手なつきあいしたら、手が後ろにまわります」

おっしゃるとおりだ。ある程度の矜持《きょうじ》はあるらしい。

「刑事さん」

辻はライターの火に眼をやったまま、「私ら、好きで学者先生のお相手してるんやないんです。いわば、必要悪。こういうの、どこの世界にもあるのと違いますか」

いって、小さくためいきをついた。

「三波や辻の話を聞いてて、ぼく不思議に思たんですけどね」

マメちゃんはピーナッツを口に放り込んだ。「余沢と今村、何でいっしょに飲んだりしたんです。余沢が浅川研究室を出たそもそもの原因は今村の助教授昇進でっせ」

「そういや、おたがい相手のことをええようにはいうてなかったな」

私は缶ビールを飲む。

「余沢は今村が憎いし、今村は余沢がけむたい。そやのに、二人は仲よし小よし。おまけに、浅川には二人がつるんでることを秘密にしてた。こらまったく不条理の世界ですな」

「わし憧《あこが》れるわ、婦女子の世界」

「またそうやって茶化す。ぼく、まじめでっせ」

「ほう、それは珍しい」

またビールをあおる。一気に飲みすぎて、枕にこぼれた。

「あかん、ティッシュや」

「どこです」

「分らん」

見る間に染み込んで行く。マメちゃんは立って押し入れを覗《のぞ》いている。

「もうええ。手遅れや」

「寝たまま飲もやて、横着するからですがな」

私はベッドに横になり、マメちゃんはカーペットにあぐらをかいて、コンビニで買った鮨《すし》やピーナッツを肴《さかな》に、ビールと水割りを飲んでいる。

「いつまでもうろうろしてんと坐《すわ》れ。目障りや」

「よういいますな、人を立たしといて」

「続きや。話の続き」

「はて、どこまで行ったんかいな」

マメちゃんは腰を下ろした。「えーっと、そうや。……これはぼくのカンやけど、余沢の持ってた壁画の写真ね、あれ、日栄興産のような開発業者が用地買収を計画してるか、あるいは既に買収した地域内にある古墳内部を撮影したんやないかという気がするんです。つまり、造成以前に古墳の学術的価値を知っておこうとしたんですわ。今村は余沢に頼んで、そういう調査をしてたんかもしれません」

「余沢には手足となる考古学マニアがおるからやな」

「そういうこと」

マメちゃんはうなずいて、「で、盗掘孔からカメラを入れて撮影した結果、そこには壁画があった。稀少《きしょう》な装飾古墳を潰《つぶ》してしまうてなこと間違《まちご》うてもできへんし、用地買収を諦《あきら》めるか、または買収済みであれば、どういう発掘調査をするか、余沢と今村は対策を練ったんです」

「しかし、ものすごい想像力やな。感心するわ」

「どないです。ぼくの推理、けっこうええ線行ってるとは思いませんか」

「そういうのは推理とはいわん。単なる妄想」

ビールを飲みほした。「鮨、とってくれ。ハマチや」

「ものぐさせんと、こっちへ降りて来なはれ」

ぶつぶついいながらも、マメちゃんはハマチに醤油《しょうゆ》をつけてこちらに差し出す。

私はつまんで口に入れながら、

「余沢があの写真をどこで手に入れたかは分らん。今は想像もつかん。けど、写真を法医学の本に挟んでたという事実には何らかの意味がある。少なくとも、余沢は写真の存在と壁画古墳の件を公にはしたくなかったはずや」

「そこんとこ、同感です」

「ひょっとして今村のやつ、余沢が浅川を殺した動機を知ってるのと違うか。あいつら、二人でこそこそと飲んでたし、今村は余沢から恨みごとのひとつやふたつ聞いとるかもしれん」

「そやけど黒さん、今村は浅川のお気に入りでっせ。今村のよめはんは浅川の娘でもある。その今村に聞かれてまずいようなことを、余沢が喋《しゃべ》るやろか」

「お気に入りの弟子が浅川に隠れて遊び歩いたりするか」

「そういや、そうですな」

「な、マメちゃん、今村浩郎、つついてみる価値はあるで」

「黒さんもそう思いますか」

「思う。あいつ、どこかひっかかる。何か隠してるような気がする」

「このこと、とりあえずバテレンに報告しましょ。ほいで、明日《あした》から……クッ、クッ」

　マメちゃんはくしゃみをした。「この部屋、寒いな」

「もう十一時や。帰るか」

「しもた。よめはんに怒られるわ」

　マメちゃんは水割りを置いて立ち上がった。

11

　現地説明会。ＪＲ桜井《さくらい》線三輪《みわ》駅から歩いて十五分、奈良県桜井市茅原《ちわら》の中宮遺跡には数百人の見学者が集まっていた。ロープを張った見学通路のところどころで四、五十人がひとかたまりになって調査員の解説に耳を傾けている。

「今日は平日でっせ。世の中、暇な人間が多いんですな」

「古代史ブームなんや」

深く掘り下げられた周濠《しゅうごう》には木製葬具とやらが散乱している。直径三十センチの笠《かさ》、刀、舟のオール、大きな盾、ほぞ穴のついた建築部材など、形のはっきりしたものが十数種、百点以上あって、どれも黒い泥と水の中に半分埋まっている。保存状態がいいのは、周濠が低湿地だったからだという。

刀や矛は祭祀《さいし》のあと周濠に入れ、笠形は柱や杭《くい》に立てて飾ったあと、時間を経て周濠に落ちたと思われます――後ろで調査員が声を張り上げている。

これまでの古墳についての定説は、墳丘や濠《ほり》の外堤に埴輪《はにわ》を配列し、築造時は葺石《ふきいし》で覆われていた、というものでしたが、今回の出土で、埴輪に劣らない量の木製葬具が古墳を飾り、棚なども付属していたとの新しい古墳像が浮かび上って来ました――。

「なるほど、分りやすい解説や」

「黒さんも本格的にお勉強しはったらどないです」

「わしゃ、古い昔には興味がない。日本史の授業はいつも居眠りしてた。眼が覚めたら、頬っぺたのよだれがパリパリに乾いとるんや」

「汚いな。顔が眼に浮かびますわ」

「それにしても遅いな」

私はつまさき立った。見学者の頭越しに現場事務所が見える。「いつまでちんたらしとるんや」

「一時には終ると聞きましたけど」

「くそったれ、もう過ぎとるやないか」

私とマメちゃんは今村を待っている。彼は事務所で調査技師たちと意見交換をしている。我々部外者はオフリミットだ。

「あっ、出て来よりましたで、今村」

「よっしゃ、行こ」

周濠のそばを離れた。

今村は昼食を食べたいといった。私たちは県道へ出て、農機具ディーラーの隣の小さな食堂に入った。今村は日替り定食、私とマメちゃんはきつねうどんを注文した。

「実はきのう、エチュードへ行きましてね」

色がついているだけのほとんど味のない茶をひとすすりして、私は切り出した。

「今村さん、あの店によう顔を出しはるそうですな」

「よくは行きませんよ」

「けど、ママがいうてましたで、月に二、三べんはお見えになりますと」

「そうかな、そんなはずはないけど……」

今村はテーブルに片肘《かたひじ》つき、首を傾げる。視線が定まらず、どこか不安げな表情だ。

「あの店、けっこう高そうやけど、勘定は」

「ツケです。ボーナス払いの」

「ほう、ボーナス払いですか」

私は湯呑《ゆの》み茶碗《ぢゃわん》の絵柄を眺めまわしながら、「今村さん、ロードスいう店知ってはりますな」

「は……」瞬間、今村の顔が強張《こわば》った。

「あそこ、会員制ですわ。最初は誰の紹介です」

「…………」

「忘れはったんやったら教えましょ。……辻清治。日栄興産の開発部長ですわ」

「それじゃ……」

「部長に会《お》うて本人から話を聞きました。そう、顧問云々《うんぬん》もね」

と、そこへ定食とうどんが来た。今村は箸《はし》をつけようとせず、まっすぐ私を睨《にら》むようにして、「それで、私に何を喋れというんです」肚《はら》を据えたらしい。

私は今村の視線を受けとめた。

「単刀直入に訊《き》きます。余沢とつきおうてた理由、何ですねん」

「それは、理由といえるかどうか分らないけど……余沢さん、浅川先生が考古学研究所に来ると知って、私に相談を持ちかけてきたんです」

「相談の内容は」

「兵庫県のある地方大学の、文科大の息のかかった大学ですが、そこの教授に推薦してくれという依頼でした」

「そういうの、今村さんやのうて山根所長や浅川教授に頼んだらよろしいがな」

「余沢さんはね、そういった人事的な依頼をできる立場にはなかったんです」

「どうしてです」

「余沢さんが浅川研究室を抜けて考古学研究所へ行った本当の理由、ご存じですか」

「知りませんな。何です」

「もう六、七年前になりますか、余沢さん、泉南市の遺跡発掘調査で疑惑の対象になったんです。その時、彼は調査主任で、発掘調査費の水増しをし、工事業者からバックマージンを受け取ったのではないかという噂が流れたんです。で、結果的にそれ以上大きな問題にはならなかったんですが、陰で浅川先生や山根所長が色々とご苦労なさったことは確かです」

「ほう、余沢にはそういう前科があったんですか」

いいつつ、私は今村の言葉を真に受けてはいない。単なる推薦依頼なら、余沢が何度も今村に会う必要はない。

――と、そんな私の胸のうちを察したのか、今村は勢い込んで、

「これはまだ表には出ていないんですが、つい最近、甲田遺跡発掘調査に関して、かなりの額の使途不明金の存在が明らかになったんです。私は余沢さんと接触することで真相を究明しようと考えました」

まるで安物のスパイ小説だ。適当な筋書きを作っておいて、そこに自分をあてはめさえすれば、それでストーリーは完成すると考えているらしい。

「ほいで、結果はどないでした」

「残念ながら不明。遺物や遺構は読めても、人間を読むことはできませんね」

予想どおりの答えだ。それにしても、吐く台詞《せりふ》がいちいち青い。

「ほな、今村さんはですな」

黙ってうどんを食べていたマメちゃんが口を開いた。「そういう金にまつわる不祥事や人事的な不満が、余沢の浅川教授殺しの動機になったとお考えですか」

「可能性はあるんじゃないですか」

「余沢と植田さんはどういう関係です。二人はけっこう親しかったように聞いてますけど」

「さっきいった地方大学の教授のポストね……あれは植田さんが就く予定だったんです。それを横取りしようとするからには、本当のところ、二人はあまり仲がよくなかったんじゃないかと思いますね」

「こら初耳や。おもしろい話ですがな」

マメちゃんはうどんの汁を飲んで、「今村さん、ロードスに女の人を連れて行ったことあるそうやけど、それ誰ですの」

「あれは……」

しばらくの間があって、「秦野君です。彼女、一度は新地のクラブを覗《のぞ》いてみたいというものだから」

今村のその答えに、私は咥《くわ》えていたアゲを鉢に落とした。

「今村、あっさりと吐きよりましたな」

「調べたら簡単に分ること。ここは正直にいうといた方がええと判断したんやろ」

「髪の長い、ほっそりした美人……ぼく、ロードスのマネージャーの話を聞いた時、秦野女史の顔が眼に浮かんでました。けど、黒さんが怖いからよういわんかったんです」

「…………」

「今村は秦野のことを親戚《しんせき》といい、二人っきりでロードスに三べんも四へんも顔を出した。これ、どういうことです」

「二人はできてると考えるんか」

「断定はできへんけど、可能性はありますわな。秦野史子から事情を聞かなあきません」

「わしら興信所の探偵やないで。浮気調査なんぞしてどないする」

「ぼく、そんな低次元の捜査をするつもり、ありません」

「そやかて、マメちゃんは」

「ね、黒さん、よう考えてみて下さい。浅川と植田が死んだ現時点において、いちばん得をしてるのは誰です」

「誰といわれてもな……」

「今村です、今村。あいつ、もうすぐ文科大文学部の教授さまです。権力と金を一手に握るんです」

「そら、ま、結果的にはそうなるけど」

「ぼく、今村の顔を見てて、ますますあいつに対する疑惑を深めました。どこかおどおどしたあの態度、そのくせ人を小ばかにしたようなあの眼つき。それと、日栄興産からの顧問料、余沢との交遊、史子との関係、つまるところ、師の浅川に対する背信。浅川殺しは、植田と余沢だけやなく、今村も一枚嚙《か》んでたと考えられんことおませんで」

「けど、あいつにはアリバイがある。大垣グランドホテルや」

「アリバイがあるからいうて、必ずしも殺しに無関係であるとはいえませんやろ。共謀共同正犯いうのがあります」

　共謀共同正犯——二人以上共同して犯罪を行った者は、すべて正犯（直接の実行行為者）とすると定めた刑法六十条に基づいた考え方で、判例として定着している。たとえ殺害などを実行しなくとも共謀の事実が明確であれば、共同正犯は成立し、直接犯罪に手を下さなかった共謀者と実行者の刑事責任に軽重はない。

「ふーむ」

　私は腕を組み、片手をあごにあてて、「ほいでマメちゃん、これからどないするんや」

「そやから、史子に会います。会《お》うて今村のことを調べます」

「しかし、いきなりぶつかるというのは得策やないで」

「それは分ってます。外濠《そとぼり》から埋めて行くんです」

　県道の左前方、ガソリンスタンドの向こうに三輪の駅舎が見えてきた。

豊中市北緑丘《きたみどりがおか》、秦野史子の居住するアパート、明光荘は国道一七一号、牧落《まきおち》の交差点を南へ一キロほど下った住宅密集地の外れにあった。木造モルタル塗りの二階建、道路からブロック塀に沿って十メートルほど入った突きあたりに鉄製階段、その手前の細い路地には十台あまりのバイクと自転車が斜めに駐《と》められている。

私とマメちゃんはまっすぐ奥に突っ込み、階段を上った。二階には通路に面して四つの部屋が並んでいる。

〈二〇二　秦野史子〉、壁に貼られたプラスチックプレートを確認し、いちおうドアをノックした。午後四時、当然のことながら返答はない。

二〇一号室をノック。誰もいない。

二〇三号室。「はい」と女の声がし、しばらくしてドアが開いた。

「すんません、ちょっとお訊《き》きしたいことがありまして」

マメちゃんが手帳を呈示した。

「警察の方ですか」

女性は私とマメちゃんを等分に見て、「お隣の秦野さん？」

「そうです。けど、どうして」

「二週間ほど前にも来ました。刑事さんが」

沢居と山上だ。

「実はもう一回事情を聞こと思いまして。あの、失礼ですけど」

「泉谷といいます。泉谷栄子」

史子から聞いていた名前だ。

「学生さんですな、宣和女子大の」

前髪を眉《まゆ》のすぐ下で切り揃えたボブ、色白の頬にそばかすが目立つ。だぶだぶの紺のトレーナーに細いピンクのジーンズをはいている。

「泉谷さん、このアパートに入ってどれくらいです」

「もうすぐ二年です」

「秦野さんとは親しいんですか」

「立ち話くらいはしますけど」

「秦野さんの仕事なんかは」

「箕面の文科大に勤めてはるんでしょ。おとなしい、賢こそうな人です」

「秦野さんとこ、お客さんが来ることありますか」

「さあ、どうやろ」

栄子は両手でトレーナーの裾《すそ》を引き下ろしながら、「何回かはありました。ここ、安普請やし、隣の話し声が聞こえるんです」

「それ、男ですか、女ですか」

「男の声でした」

「話し声を聞いたん、夜ですな」

「そうです」

「こんなこと訊いたら何やけど、男が泊まっていくようなことはなかったですか」

「うーん、そこまでは……」

「ほな、あの、その、何かベッドがきしむような音は」

「刑事さん」

「はあ」

「私、聞き耳を立てるようないやらしい真似はしません」栄子は口をへの字にする。

私はマメちゃんの腕をとって前後を入れ替わった。

「いや、どうも、こういう仕事してると変な誤解を招くようなことも多々ありまして。……ほいで泉谷さん、この間刑事が来たというのは」

「秦野さんが部屋にいてたかどうかを訊かれました。十一月の一日から二日にかけて、です」

「ほいで、どう答えました」

「外に車が駐まってたから、部屋にいてはったと答えました」

「その、車というのは」

「秦野さん、毎日、車で……白のトゥデイですけど、それで大学に通うてはります。夜は裏の駐車場に駐めるんです」

そういえば、明光荘の裏は五十坪ほどの空地だった。

「彼女が借りてる区画、ちょうど私の部屋の真下です。そやし、机に坐《すわ》ってたら、秦野さんが出かけるのも帰って来るのも、よう見えるんです」

「すると、泉谷さんは一日の夜、秦野さんの姿をじかに見ていた、というわけやないんですな」

「ええ、そうです。けど、いつもどおり次の日の朝には車のエンジンがかかって、駐車場を出て行きはったから」

「秦野さんは部屋におったと、そう思た……」

「ひとつ訊いてもいいですか」

栄子は声をひそめた。「十一月一日は、文科大の先生が殺された日でしょ。秦野さん、疑われてるんですか」

「そんなことありますかいな。これは単なる参考としてですな」

「そやけど刑事さん、秦野さんのアリバイを調べてはるんでしょ」

最近の若い連中はこれだから困る。物怖《ものお》じしない上に、アリバイなどと知ったふうな口をきく。

「よろしいか、泉谷さん」

私は表情を引き締めた。「テレビや映画と違《ちご》て、実際の警察捜査いうのは、地道な訊《きき》込みの積み重ねですねん。疑いのあるなしにかかわらず、関係者の身辺は一から十まで調べないかんのです。そやし、わしらがここに来たこと、秦野さんには絶対に内緒。よろしいな」

「分りました」

私の言葉を呑《の》み込むように栄子はあごを引く。案外かわいいところもある。

「それと泉谷さん、部屋に電話は」

「ありますけど」

「よかったら、番号教えてもらえますか」

メモ帳に書き取り、

「ほな、これで」

いってドアを閉めようとした時、カタンと音がして、ふすまの向こうをパジャマ姿の若い男が横切った。

「あら……」

栄子と私は顔を見合わせ、ふっと眼で笑いあった。

午後七時、牧落の中華料理店で八宝菜定食を食べ、近くの喫茶店に入った。注文したコーヒーが来るまでの間、帳場に電話を入れる。

「――と、そういうわけで、わしら、秦野が帰って来るのを待っとるんです」

「本人の口から男の名前を聞き出すつもりか」と、宮元。

「それはこっちの判断に任せて下さい。秦野がすんなり喋《しゃべ》るとも思えませんし」

泉谷栄子から事情を聴取したあと、私とマメちゃんは階下に降りて、一〇一号室と一〇四号室の住人（いずれも女子大生。明光荘は女性専用アパートだった）から話を聞いた。彼女たちは秦野史子について何も知らず、ひとりは顔を見たこともないといった。

と、そうこうするうち、二〇一号室の専門学校生が帰宅し、同じく事情を聞いたが、彼女の答えは泉谷栄子のそれとほとんど変わりはなかった。

――ウイークデー、史子は朝八時に明光荘を出て、晩は六時から七時の間に帰って来る。夕食は自分で作るらしく、スーパーの袋を提げていることが多い。そして、帰宅後は外出せず、十一時ごろまで勉強、十二時を過ぎて帰ることもあるにはあるが、それは月にせいぜい一、二回といった程度。外泊はしない。

休日、史子は午後から外出。スポーツバッグとラケットを持っているので、どこかテニスクラブの会員にでもなっているらしい。

と、専門学校生はそういい、史子の交遊関係について、一度だけ二〇二号室から出て来た男とばったり鉢合わせしたことがあるといった。それは、九月の初め、夏休みのバイトの打ち上げで午前三時ごろ明光荘へ帰った時の出来事で、暗かったため男の人相、服装は憶《おぼ》えておらず、痩《や》せた後ろ姿がおじさんぽかったことだけが印象に残っているという。

　私は男を今村浩郎のイメージに重ね合わせていた——。

「ほいで、班長の方はどないですの……何ぞ新しいネタありますか」

「ある。余沢が水を飲んだと思われる井戸、さっき見つかった」

「どこです」

「死体発見現場から三百メートルほど離れた山の中腹に廃屋《はいおく》があったんや」

「廃屋……、農家ですか」

「そう。もう二十年前から誰も住んでへん。建具は一枚もあらへんし、土壁もあちこち崩れて吹きさらし。雨露だけはしのげるという報告があった」

「そこ、最近、人が寝起きしたような形跡はないんですか」

「ないこともない。奥の四畳半に莚《むしろ》が何枚か敷かれてる」

「附近の柱や床に余沢の指紋は」

「まだや。これから鑑識を入れる」

「井戸はどないですの」

「手押しのポンプがついてて、使用はできるそうや」

「了解。わしらも明日《あした》、現場を見せてもらいますわ」

受話器を置いた。

喫茶店で四十分ほど時間をつぶし、明光荘へ戻った。史子の部屋の窓には明かりが入っていない。

「遅いな」

「ほんまに、ね」

裏の駐車場に白のトゥデイは見あたらない。

「どないします。こうやってボーッと待ってるの、時間の無駄でっせ」

「そろそろ八時やな。マメちゃん、電話してくれ」

「電話？　どこです」

「今村の家や。これはわしのカンやけど、史子、今村といっしょのような気がする」

「そらまた何でですの」

「今日、わしら桜井で今村に会《お》うたやないか。あいつ、ロードスの一件がわしらにばれたと知って、史子と善後策を練っとるんや」

「今後、どういうふうに口裏を合わせるか、ですな。けど、それやったら……」

「そう。二人はできてる。史子の部屋から出て来た男、今村に違いない」

「黒さん、捜査に私情をはさんだらあきませんで」

「あほいえ。わしゃ秦野のことなんぞ、最初《はな》から何とも思てへん」

「へえ、そうですか。あれはぼくの勘違いでしたか」

「ごちゃごちゃいうてんと、電話や。早《はよ》う行け」

私はマメちゃんの後ろにまわり、背中を押した。

——二十分後、マメちゃんが駆け戻って来た。

「今村、家にいてませんわ」

息が荒い。「奥さんがいうには、今村、吹田のカルチャーセンターで考古学の講義やそうです。ほいでそのあと、受講生と飲みに行くし、今晩は遅うなるいう連絡があったんです」

「何じゃい、スカか」

「ところがどっこい、ぼく、そのカルチャーセンターに電話してみたんです。今日は今村先生の講義はありませんと、こうですわ。こら黒さんの読みどおり、今村と秦野、どこぞでおデートかもしれませんで」

なぜかラブホテルの一室が眼に浮かぶ。私は頭《かぶり》を振ってその情景を打ち消した。

「マメちゃん、おまえ今すぐ千里に帰って、車とって来い」

「えっ……」

「今村の家に行って張りをかけるんや。あいつ車持ってへんし、もしほんまに史子といっしょなら、白のトゥデイで家の近くまで送ってもらうはずや」

「しかし、そんな読みどおりにことが運びますかね」

「運ぶも運ばへんも、ここでじっとしてるよりはよっぽどましや」

「ぼくらが今村んとこ行ってる間に、秦野、帰って来よるかもしれませんで」

「隣の女子大生に頼んだらええ。史子が何時何分に帰って来たか、ようすはどうやったか、これから毎日メモをつけさせるんや。あの子、わしらに弱みを握られてるし、何でもいうこときくはずや」

「さすが黒さん、女の扱いに抜かりがない」

「そうか、そうでもないけどな」

頬がゆるむ。その私の顔を覗《のぞ》き込んでマメちゃんは、

「そやのに、何で結婚できへんのやろ」

「ガソリン、大丈夫やろな」

「今日は満タンです」

牧落から国道一七一号を西へ三十分、伊丹《いたみ》市役所を過ぎて、次の交差点を右に曲った。昆陽《こや》池沿いのS字の急坂を登る。

「場所、分っとるんか」

「この上の住宅街がそうです」

今村家は伊丹市松《まつ》ヶ《が》丘《おか》にある。

〈県立高校前〉バス停を左に折れた。一方通行の細い道、両側は苔《こけ》むした築地塀《ついじ》と生垣、敷地二、三百坪の豪邸ばかりだ。

マメちゃんはスピードを落とした。

「もうそろそろ二丁目ですわ」表札を確認しながら進む。

五軒め。

「あった。今村浩郎、この家ですわ」

キンモクセイの生垣、鉄平石《てっぺいせき》を小端《こば》積《づ》みにした門柱に南欧風のアルミダイキャスト門扉、母屋はスペイン瓦《かわら》に白壁、アーチ状の庇《ひさし》、けっこうなお住まいである。

マメちゃんはカローラをバックさせ、三十メートルほど離れた小さな児童公園の入口近くに停《と》めた。午後十時、附近に人通りはない。

「電話します」

マメちゃんは車を降り、ほどなくして戻って来た。指でOKのサインをして、

「今村も秦野もまだ帰宅せず。黒さんのカンが当ったみたいです」

「わしゃ、男女の機微にはことのほか敏感なんや」

「フーゾクの帝王、面目躍如ですな」

「くだらんこというな」

「けど何ですな、近頃の若い連中には貞操観念というもんがおませんわ」

「それ、今村と史子のことか」

「……も、あるけど、ぼくがびっくりしたんは、さっき明光荘で見たパジャマ姿の男。まるで夫婦気どりですがな。あと十七年で、うちの樹理《じゅり》も大学生でっせ」

「女性専用アパートに入居させんかい」

「おとろしい。世も末や」

「わし思うに、あの女子大生にしろ、専門学校生にしろ、隣人にはまったく興味を持ってないみたいやな」

「泉谷のいうてた史子のアリバイ。あれ、アリバイと呼べるほどの代物やおませんで」

「いかにも沢やんらしいわ。相も変わらぬ上っ面を撫《な》でただけの杜撰《ずさん》な訊《きき》込み」

「我らみな凡俗。仲よしのお友達をそんなふうにいうてええんですか」

「どこが仲よしや、誰がお友達や、え。あいつとわしはな――」

どうでもいいことをまくしたてる。分ってはいるが、そうでもしないことには時間がつぶせない。

「黒さん、ね、黒さん」

揺り起こされた。つい眠ってしまっていたらしい。「あれ、見て下さい」

マメちゃんの指さす先、今村邸の前に赤いリアランプ。タクシーが停まっている。

「あいつ、ほんまに不良や。もう二時前でっせ」

黒っぽいコート、クラッチバッグ、今村はタクシーを降り、邸内に消えた。

「何じゃい、ひとりやないか」

走りだしたタクシーのリアシートに人はいない。

「結論を急いだらあきません」

マメちゃんはヘッドライトを点《つ》け、カローラを発進させた。

住宅地を抜け、バス通りに出たところでタクシーを追い越した。マメちゃんは窓から手を出して後ろのタクシーに停止するよう合図を送る。タクシーに停まる気配はない。

「何でやろ、いうこときかませんがな」

「あたりまえや。パトカーでもないわけの分らん薄汚い車が突然前に出て来て、人相のわるい不細工な男が手を振ったら、誰でも逃げる」

「不細工、は余計でっしゃろな」

「次の信号で捕まえたらええ」

赤信号。私は車を降り、タクシーの運転手に走り寄って手帳を呈示した。運転手は眼でうなずき、左の指示器を点滅させた——。

「わし、びっくりしましたで。暴走族が因縁つけてきよったんかと思た」

大都交通のタクシードライバー、安井《やすい》健二《けんじ》が後ろを向いていう。

「こんな上品な暴走族、どこにいてます」

マメちゃんと私はリアシートに坐《すわ》っている。

「ほいで安井さん、さっき松ヶ丘で降ろした客やけど、どこから乗りました」

「吹田の南千里ですわ。セブンルートホテルの前」

南千里は明光荘から車で十五分、セブンルートは百室ほどのこぢんまりした郊外型シティーホテルである。

「客は男ひとりでしたか」

「いや、アベックですわ」

「ほな、女が先に降りて？」

「女は乗ってません。男が乗ったあと、手を振ってましたわ」

「それ、何時です」

安井は運転日報を見た。

「一時十分ですな」

「女の特徴、憶《おぼ》えてはりますか」

「そうやね……」

安井はヘッドレストに頬をもたせかけるようにして、「髪が長かったですな。服は赤。男がわしの車に手を挙げた時、女は男の腕につかまってびちゃっとへばりついてましたがな」

「そら怪《け》しからん関係や」

「あれは不倫でっせ、不倫。わしもいっぺんでええからしてみたい」

はははは、と安井は大口あいて笑う。前歯が二本抜けている。

午前二時二十分、非常識は承知の上で、私は明光荘の泉谷栄子に電話をした。栄子はまだ起きていて、秦野史子が一時四十分ごろトゥデイで帰って来たこと、赤いワンピースを着ていたことをひそひそ声で話してくれた。

——午前三時、セブンルートホテル。訊込みの結果、痩《や》せた背の高い男と、赤い服の女が、午後七時、九階のダブルの部屋にチェックインし、午前一時チェックアウトしたことを知った。宿泊者カードに書かれた男の住所、電話番号はでたらめで、住所が京都であるにもかかわらず、市外局番が〇七八になっていたのには思わず笑ってしまった。

　男はチェックインの際、駐車券を受け取っていた。私はフロントマンに依頼し、駐車票の写しを調べてもらった。午前一時以降に駐車場を出た車は、「大阪四五、七六——」の軽自動車が一台だけ。ナンバーを控えて、私とマメちゃんは再び明光荘に向かった。

12

「ほいで、そのナンバー、一致したんやな」

　宮元は念を押す。

「白のトゥディです。ぴったり一致しました。今村と秦野、そういう関係にあったんです」

　十一月二十五日朝。署長以下、八尾南署の幹部連中との会議を終え、帳場に戻った宮元を捕まえて、マメちゃんは報告を始めた。

「今村は浅川の娘と結婚し、若くして助教授になった。この事実すなわち、浅川と今村の間が親密で円滑であったという先入観を、ぼくらは持ってしもたんです。ところがその実、今村は余沢とつるんで佐久間文化財土木工業所や日栄興産から金を引き出し、それを資金に新地を飲み歩き、ホステスをくどいたりしてる。秦野史子との後ろめたい関係を続けてる。甲田遺跡の発掘調査にまつわる使途不明金の噂も、ほんまのとこ、今村がからんでたんと違いますやろか。死人に口なし、今は余沢をどういおうと今村の思うがままですわ」

「金のことはともかく、同じ研究室の助手に手をつけるやて、今村の腐りきった人間性がうかがい知れます」と、私。

「今村浩郎、叩《たた》いたらもっともっと埃《ほこり》が出そうです」

「しかし、叩き方を間違えたら、出る埃も出んようになってしまうぞ」

宮元の不快そうな顔。「いずれにせよ、今村については引き続きその身辺を洗うこと。予断に基づいた捜査はせんこと。そして、報告はその都度、速かに行うこと。ええな」

——と、そこへ電話。宮元は受話器に手を伸ばしながら、

「君ら、今日は」

「巨摩山です。例の廃屋」

「よっしゃ、ほな早《はよ》う行け」

いって、伸ばした手を邪険に振った。

巨摩山、木材集積場でタクシーを降りた。奥の林道入口附近に、鑑識のデリバリーバンが一台とメタリックグリーンのサニー。先に沢居たちが来ているらしい。私とマメちゃんは林道を登った。

尾根。余沢の死体発見現場を過ぎ、二百メートルほど進んで、左に、うっかりすると見落としてしまいそうな草むした小径《こみち》。両手で灌木《かんぼく》を払いながら分け入った。遠くで、ギャーと鋭い声。

「何ですねん、あれ」

「モズやろ。さっき木の枝にトカゲのミイラが刺さってた」

「うまいこと考えたもんですな」

「浮浪者の段ボール住まいと同じ発想や」

余沢は押入れに住んでいたらしい。畳三枚の上に寝て莚《むしろ》をかぶり、風除《よ》けに畳の戸を閉めれば、何とか眠ることはできそうだ。押入れへの出入りは台所の土間を通っていたようだ。だから、座敷に足跡がない。

「しかし、ま、惨めなもんやな。いっぱしの学者先生がここまで追いつめられるとはな」

振り返ってマメちゃんを見た。表情が厳しい。

「どうした、えらいおとろしい顔してるな」

「黒さん……」

「ほい」

「人間、ここまで自分の人格を否定することできるんやろか。生き方を変えることできるんやろか」

「余沢、何も食わへん上に、足の骨を折ってた。人格を云々《うんぬん》する以前に、ほとんど身動きができんかったんや」

「そやけど、黒さん……」

マメちゃんはいいかけて、ふっと俯《うつむ》き、「そうやな、そうかもしれん」

「マメちゃん、おまえ、ちょっとおかしいぞ。わるいもんでも食うたんと違うか」

「いや、何でもないんです」

マメちゃんは元の快活な口調で、「井戸見ましょ、井戸」

靴のまま、土間に降りた。

昔懐しい竈《かまど》、赤錆《さ》びた飯釜《めしがま》、木蓋《きぶた》のクモの巣に干からびた蛾の羽根がひっかかっている。

井戸は竈の横、流し台の向こうにあった。高さ五十センチの御影石《みかげいし》の枠、隅に手押しのポンプがついている。蛇口の下はモルタル塗りの浅い受水槽で、真中に鋳鉄の排水口。

　私は井戸の縁に手をかけ、中を覗《のぞ》いた。ひんやり湿った苔《こけ》のにおい、水面は二メートルくらい下にあった。黒く変色した細長い木の板が数枚浮いているのは、井戸の蓋がバラバラになって下に落ちたのだろう。

「冷たそうやな」

「水、出してみましょか」

　マメちゃんはポンプの把手《とって》を上下させ、流れ出た水を手で受けた。

「赤いな。錆《さび》だらけでっせ」

「出始めはみんなそうや」

「飲んでみますか」

「要らんわい、そんなミドリムシの水」

いって、私はふと思いつき、後ろを向いて、「山ちゃん、この水、検査したんか」

　上り框《かまち》に腰かけて、ぼんやりたばこをくゆらせている山上に声をかけた。

「検査て、どんな」

「比較照合するんやないか、余沢の喉頭《こうとう》内にあった水と」

「あ、そうでしたな」

　こんなことはいいたくないが、山上は鈍い。半年前、機動隊から宮元班に配属されて、今はまだ行儀見習中といったところだが、それにしても呑《の》み込みがわるすぎる。大男、総身に知恵がまわりかね、やで――コンビを組む沢居がいつもそういって嘆いている。

「黒木さん、水を取りにここへ来はったんやないんですか」

「分った。よう分った」

答えて、私はマメちゃんに眼で合図をした。

マメちゃんはうなずいて、納戸の前にいる鑑識課員のところへ行き、二言、三言、言葉を交わす。

課員は外へ出て、すぐに戻って来た。手に白い半透明のポリ容器。

えらいすんませんな、マメちゃんは容器を受け取った――。

南都大学生物学教室。谷井は顕微鏡から顔を上げて、

「サヤツナギ、クラミドモナス、マロモナス、藍藻《らんそう》が数種、そして、ケンミジンコといったところですね」

「というのは」

「結論をいえば、この水と、この間の被検資料とは一致しないということです」

「それ、ほんまですかいな」マメちゃんは身を乗り出す。

谷井は笑みを含んで、

「この井戸、少しは光が入るでしょう」

「ええ。蓋はついてません」

「そして、最近はまったく使用されていない」

「そのとおりです」

「じゃ、間違いない。藍藻はかなり薄暗いところでも生育可能ですが、まったくの闇の中からは採取例がありません。それに、ケンミジンコも白化していない」

「ほな、同じ井戸でも、場所が違うということですな。一方は蓋付き、もう一方は蓋なし」

「おっしゃるとおりです」

　谷井は断言し、マメちゃんと私は頭を抱えた。

「さて、この事実をどう判断したもんかいな」

「井戸、もっと他の場所にもあるんやろか。例えば、どこか遠くの田んぼの野井戸とか」

「仮に野井戸があったとして、余沢、わざわざそこまで水を飲みに行くかな。ひどい骨折しとるんやで」

「それもそうです」

「余沢があの廃屋に潜伏してたことはほぼ間違いがない。にもかかわらず、台所の井戸水は飲んでへん。こらどうにもわけが分らん」

「不思議の世界ですわ」

　マメちゃんは空を仰いでためいきをつく。

　近鉄布施《ふせ》駅のホーム、ベンチに腰を据えて私たちは八尾行きの乗り換え電車を待っている。午後四時、帰宅ラッシュにはまだ時間が早く、乗客はそう多くない。女子高生の一団がすぐ前にいて、時おり弾《はじ》けたような笑い声をあげる。

「マメちゃん、女の子を見る時、まずどこに眼が行く」

「ぼくはやっぱり、顔ですな」

「顔の次は」

「お尻《しり》。それから、胸」

「わしは脚や。ふくらはぎから足首にかけてキュッと締まってるのがええ」

「そういうの見たら欲情しますか」

「する。つい大きくなったりする」

「変質者ですな」

「誰がや」

「誰でもおません」

マメちゃんはたばこに火を点《つ》けた。「ね、黒さん、余沢はほんまにあの押入れの中に寝てたんやろか。指紋も足跡もないんでっせ」

「髪の毛があったやないか」

「髪の毛すなわち、余沢が押入れで寝起きしてたことの証明にはなりません。畳、莚《むしろ》、頭髪……、偽装しよと思えばできんことないでしょ。余沢の死体、あの廃屋ではなく、もっと遠いところから運ばれたとは考えられませんかね」

「それはしかし、大仕事やで。下の県道からあの雑木林まで死体を運び上げるとなると、こいつは相当の重労働や。それに第一、雑木林に死体を棄てる必然性がない。県道脇の川に放り込むなり、材木置場の作業小屋の裏に放置するなりした方がずっと楽や」

「なるほどね。確かに、スリランカや」

「何じゃい、それ」

「正論《セイロン》です」

マメちゃんは答え、たばこを口に持っていったまま吸いもせず、呆《ほう》けたようにじっと遠くを見つめている。

私は女子高生の脚に眼をやった。みんなお揃いの黒のストッキング、太いのもあれば細いのもある。右から二番め、バスケットシューズを履いたのが私の好みだ。

――電車が来た。熱《あ》つつ、マメちゃんはたばこをとり落とした。

電車は空《す》いていた。私とマメちゃんは並んで坐《すわ》った。

真前に白いミニスカートの女性。斜めに組んだ長い脚、文庫本を読んでいる。

「そうか」

突然、膝《ひざ》を叩《たた》いてマメちゃんのかん高い声。まわりの乗客がこちらを向く。

「そうや、そうに違いない」

「何や、どないした」

「あれ、見て下さい」

マメちゃんは中吊《なかづ》り広告を指さす。

週刊時事ジャーナル。――開発前提の発掘。稲荷台《いなりだい》古墳群における破壊とその――。

「あの記事が何やねん」

「古墳群、巨摩山にもありましたがな。あの廃屋から三、四百メートル奥に入ったとこ」

「それがあっと驚くほどのことか」

「においますな。うん、大いににおう」

「何がいいたいんや」

「ぼく、余沢の餓死、いや、凍死の原因、分ったような気がします」

「またまた、突拍子もないこといおうとしてるな」

「かもしれません。けど、あたってみる価値はあります」

「あたるて、何を」

「今回の一連の事件、余沢の犯行ということになってるけど」

マメちゃんはひとつ間をおいて、「そう判定された理由、いったい何です」

「そんなもん、いっぱいあるやないか。動機、アリバイ、物証《ブツ》と、腐るほどある」

「動機は」

「考古学研究所における自身のポストに対する不安、かな」

「アリバイは」

「十一月一日の夜、大垣グランドホテルに泊まった事実なし」

「物証は」

「四つある。余沢のアコードのトランク内にあった甲田遺跡の土と浅川の頭髪、余沢家のごみ焼却器から発見した浅川のショルダーバッグの留め金具類、甲田遺跡の櫓《やぐら》にあったコードの削り滓《かす》、配電盤小屋脇の土の中に埋まってたトランスのラベルと、それだけや」

「ほな、そのひとつめ。アコードの土と頭髪、必ずしも余沢が浅川の死体を運んだことの証明にはなりません。目撃者がおらんのやから」

「ふたつめは」

「これも目撃者なし。余沢家のごみ焼却器から留め金類が発見されたからというて、余沢がバッグを燃やしたとは言い切れません。コードの削り滓にしても同様です」

「すると、トランスのラベルも」

「そう。余沢がトランスを購入した店、まだ特定されてません」

「そういうものの考え方、わし感心せんな。物証を集め、情報を拾いながら、事件の全体像を組み立てていくのが捜査の基本や。マメちゃんの論旨をつきつめたら、警察捜査そのものを根本から否定することになってしまうやないか」

「ぼく、そんな詭弁《きべん》を弄《ろう》してるつもりありません。ぼくが主張したいのは、この事件の物証の持つ脆弱《ぜいじゃく》さです」

「詭弁、脆弱……、かっこええ言葉やな。今度わしも使《つこ》てみよ」

「付け焼刃はあきませんで」

「いちいちうるさいわい」

「ぼく、さっきの廃屋の押入れのようすを見て思いました。これはいくら何でもひどすぎる、こんな惨めったらしい思いをしてまで、余沢は逃亡生活を続けないかんかったんかと」

「それは、骨折して動きがとれんからやと、わしがいうたやないか」

「けど黒さん、ひどいケガをしたら、誰ぞに助けを求めるというのが普通の人間の心理でっせ。にもかかわらず、あんなあばら家でじっとしてたというのが、ぼくにはまったく理解できません。そやし、ぼくは……」

前の女性が脚を組みかえた。眼が釘付《くぎづ》けになる。

「分った。くだくだと長ったらしい口舌はもうけっこう。結論をいえ、結論を」

「いいます。……余沢清、殺されたんです」

「な、何やと」

「ぼく、自信あります。……黒さん、今日は早めに帳場を出て余沢の家につきおうて下さい」

「余沢の家？　何しに行くんや」

「ごみ焼却器を借りて帰るんです」

「それで？」

「焼却器を科捜研に持ち込んでガスクロの検査をしてみるんです」

ガスクロマトグラフィー——有機化合物など、検体試料をガス化してその各成分を分離し、定性定量するための検知法で、試料は〇・〇〇一ミリリットル程度でも短時間に分析可能。放火事件では、火災現場の遺留物から抽出した油の種類などの検知、分析に役立つ。

「独断専行、またいつものわるい癖が出て来たな。とばっちりを食うのはこのわしやぞ」

「そんな情ない顔せんと。奈良の王寺まで、また楽しいドライブしましょうな」

「わし、嬉《うれ》しいわ。こんなマメな相棒持って」

「ぼく、前々から疑問に思てたんです。余沢は何ゆえ自宅の焼却器で浅川のバッグを燃やしたんか。ぼくが犯人やったら、証拠の湮滅《いんめつ》にこんなヤバいこと絶対にしません。小さく切り刻んでごみの収集に出します。それに、もしほんまに余沢がバッグを燃やしたのなら、何で浅川の革靴もいっしょに始末せんかったんです。植田殺しに使《つこ》うたトランスと動力線はいったいどこに消えたんです」

マメちゃんの言葉には聴くに値する重みがあった――。

13

そして一週間――。
師走《しわす》。浅川亮介の死からひと月が過ぎた。

「そろそろ六時やで。遅いな」

「今村、早《はよ》うに帰りよったし、今日あたり動きまっせ。ぼく、そんな気がします」

今村には沢居と山上の尾行がついている。

「動いてもらわんことにはどもならん。毎日、毎日、こんな張込みをしてたら気が狂いそうになる」

「おっ、出て来ました」

文科大の校門から白のトゥディが走り出た。ドライバーは秦野史子。

「よっしゃ。追え」

マメちゃんはマークⅡのエンジンをかけ、セレクターをドライブに入れた。

小野原の交差点を右折、史子は一七一号を西へ向かう。このまままっすぐ牧落まで行けば、今日もいつもと同じように平穏な一日が終るというわけだが……。

萱野《かやの》でトゥディは左に曲った。新御堂筋を南へ。

「秦野女史、アパートへは帰らんつもりでっせ」

「ぬか喜びはせんこっちゃ。まだどうなるとも決まったもんやない」

いいつつ、私は自動車電話のプッシュボタンを押した。警察無線を使わないのは、それを常習的に傍受するマニアがいるからだ。彼らは府警通信室からの指令を聴いて、パトカーより先に事件現場へかけつけることがある。尾行の最中要らぬ邪魔が入ってはたまらない。

「はい、捜査本部」宮元だ。

「黒木です」

「今、どこや」

「桃山台《ももやまだい》。秦野、車で大阪市内に向かってます」

「よし、とことん尾《つ》けてくれ」

「今村は」

「千里中央から地下鉄に乗って、今は天王寺の喫茶店。さっき、沢居から報告があった」

「今村、その喫茶店で史子と会うつもりですかね」

「ま、そうなりゃ、理想的な展開やけどな」

「了解。また連絡します」

受話器を置いた。

——東三国《ひがしみくに》。神崎川《かんざきがわ》を越えたあたりで渋滞が始まった。間に二台の車を挟んで、私たちは史子を追う。史子はほとんど車線変更をしない。

——中津《なかつ》。トゥディは新御堂筋を出た。豊崎《とよさき》の交差点を左に折れ、東へ向かう。依然、渋滞は続いている。

「どこに行くんやろ」

「わしの家かな」

一キロ先、天神橋筋《てんじんばしすじ》六丁目には私のマンションがある。

「黒さん、史子とできてたんですか」

「あほぬかせ」

天六を過ぎた。百メートルほど行って、トゥデイは左の指示器を点滅させ、駐車場に入った。民営の小さな駐車場だ。

マメちゃんはマークⅡを左に寄せて停《と》めた。ライトを消す。

史子が駐車場から出て来た。ざっくりしたレンガ色のセーターにグレーのスキーパンツ、黒のローヒール、肩にレノマの大きなバッグをかけている。私とマメちゃんは車を降りた。

史子はまっすぐ前を向いて足早に歩く。横を見たりふり返ったりはしない。史子と私たちは二十メートル以上離れている。

国分寺《こくぶんじ》の信号を渡り、史子は歩道を左に折れた。私とマメちゃんは間隔をつめるべく、走った。角のビルの陰からようすをうかがう。

史子は事務所に入るところだった。鉄骨プレハブ、二階部分を黄色のテントで覆い、そこに〈長柄《ながら》レンタカーリース〉と大書してある。事務所の向こうはフェンス囲いのパーキングスペースで、数台の乗用車が駐《と》められている。

「史子、レンタカーを借りるつもりや」

「こいつはいよいよ本物でっせ」

「マメちゃん、車や」

「オッケー」

マメちゃんは走り去った。

待つこと三分、事務所からジャンパー姿の係員と史子が出て来た。係員はパーキングスペースの赤のラングレーのドアを開け、そこに史子が乗り込んだ。マメちゃんはまだ来ない。

ラングレーが車道に出た。

「くそったれ、何しとるんや」

舌うちした時、後ろからクラクション。私はマークⅡのドアを開け、中に飛び込んだ。

国分寺から三百メートル、ラングレーは長柄入口を上って阪神《はんしん》高速道路に入った。

マメちゃんはつかず離れず、一定の間隔をおいてラングレーを追走する。信号がないから尾行するには都合がいい。

「自分の車があるのにレンタカーを借りる。尋常やおませんで」

「すぐ後ろにわしらが尾いてるとは夢にも思わんやろ」

ラングレーは環状線から松原線に入った。阪神高速道路は松原で西名阪自動車道に接続している。

「史子、きっと奈良へ行きよるな」

「筋書きどおりですわ」

——十一月二十五日夜、私とマメちゃんは余沢家のごみ焼却器を科捜研に持ち込んだ。ガスクロマトグラフによる検査の結果、焼却器内壁に付着した灰や煤《すす》からは、アクリロニトリル、酸化エチレン、塩化ビニールなど、浅川のショルダーバッグが燃やされていたなら当然分析されるべき石油化合物が検出されなかった。これはつまり、バッグはどこか他の場所で焼かれたあと、燃え残った留め金具類を何者かが余沢家の焼却器の灰の中に埋めたということである。余沢清は浅川亮介殺しの犯人ではなかった。

マメちゃんは宮元の自宅に電話を入れて、分析結果を報告した。宮元は今すぐうちに来いと、そういった——。

松原終点、西名阪高速道路料金所。マメちゃんはラングレーのすぐ後ろにマークⅡをつけた。史子は千円札を出して釣りをもらう。我々の尾行に気づいたようすはまったくない。

「な、マメちゃん」

話しかけた。「史子、いつものスカートやないで」

「セーターにスキーパンツ。ま、作業着ですわ」

「作業の内容は」

「決まりきったこと。発掘ですわ」

十一月二十七日、朝――。臨時捜査会議。宮元は立って、黒板に事件の推移を書いた。

▼十一月一日、浅川亮介死亡。気管閉塞《へいそく》による窒息死（富田林市甲田遺跡）。

▼十一月二日、死体発見（八尾市竹渕遺跡）。

▼十一月六日、植田俊孝死亡。墜落死（甲田遺跡）。

▼十一月七日、余沢清失跡。

▼十一月十一日、天理市福住町のファミリーレストラン駐車場にて、余沢のアコード発見（トランク内に浅川の頭髪と甲田遺跡の土）。

▼十一月十二日、余沢家の家宅捜索により、装飾古墳の写真発見。

▼十一月十四日、甲田遺跡にて、トランスのラベル発見。

▼十一月十四日、余沢家再捜索。ごみ焼却器から浅川のショルダーバッグの留め金具類発見。
▼十一月二十一日、御所市巨摩山中において、余沢清の死体発見。凍死。死亡推定日時、十六日午後から十七日午前。
▼十一月二十四日、余沢が起居していたとみられる廃屋発見（ただし、井戸水は飲んでいない）。

「と、簡単にまとめたらこういう流れになる」

宮元はチョークの粉を払った。「余沢の失跡は十一月七日、ごみ焼却器から留め金具類を発見したんが十四日。これはつまり、失跡によって捜査陣の眼が余沢に向き、その結果、余沢家の捜索がなされて留め金具類が発見されることを目した擬装工作であり、アコード内の土や頭髪など、一連の工作をした人物こそ、浅川を殺した真犯人であると考えられるわけや」

「けど班長、浅川殺しは余沢の犯行やなかったんですか」服部が発言した。

宮元は答えず、席に戻って椅子を引きながら、

「結論を言お」

ゆっくりと一座を見まわした。「ここに真犯人Xがおる。……Xは浅川を殺して事

故を装い、次に植田を殺して自殺を装い、そして、最後はすべてを余沢の犯行であるとみせるべく、彼を巨摩山中に誘《おび》き出して殺した」

「余沢、殺されたんですか」

沢居のうわずった声。

「そう。殺されたんや」

宮元は熱のこもらぬふうに答え、「余沢が無実と分った今、わしにはやっと事件の全貌《ぜんぼう》が見えてきた。真犯人Xは、今村、今村浩郎や」

ラングレーは藤井寺インターで西名阪自動車道を出た。四車線の府道を西へ一キロ走り、左の焼肉レストランに入った。レストランの右横は広いパーキングスペースになっている。マメちゃんはパーキング入口を十メートルほど過ぎてマークⅡを停めた。ライトを消す。

史子はパーキングの水銀灯の手前にラングレーを駐めた。降りる。バッグは持っておらず、小走りでレストラン入口にまわって店内に消えた。

私は受話器を上げた。

「黒木です」

「おう、連絡待っとったんや」

宮元の声。「君ら、藤井寺やろ。小山《こやま》の交差点近くの焼肉レストラン」

「よう知ってはりますな」

「今村、喫茶店を出て、あべの橋から近鉄に乗った。藤井寺で電車を降りたんや」

「今、レストランで史子と落ち合ったとこです。史子、長柄のレンタカー屋で車を赤のラングレーに替えました。今日は間違いなく奈良へ行く肚《はら》です」

「よっしゃ、もうすぐ島さんの車がそっちへ着くし、いっしょに尾行してくれ」

「了解。沢やんらは」

「店の前におらんか」

宮元がそういった時、コンコンと助手席のウインドを叩《たた》く音。沢居と山上だった。

「いてました。二人を拾て行きます」

答えて、電話を切った。

——十一月二十九日、夜、私とマメちゃんは北緑丘の明光荘に秦野史子を訪ねた。

狭い板張りのキッチン、小さなダイニングテーブルに椅子は二つだけ。史子はその椅子を我々に勧め、自分は奥の部屋から丸椅子を持って来て、それに腰を下ろした。

「すんませんね、夜分に押しかけて」

マメちゃんがいった。史子はコーヒーメーカーにフィルターをセットしながら、

「いいんです。夜はいつもひとりで退屈してますから」

「実は、ちょっとした頼みがありまして」

「何でしょう」史子はコーヒーメーカーのスイッチを入れた。

「十一月一日から今日までの、考古学研究室の研究員みんなの日程表というか、行動表といったものを秦野さんに作成してほしいんです」

「それは……」

「秦野さん、御所市の巨摩山で余沢清の凍死体が発見されたこと、ご存じですね」

「はい、新聞で」

「これはまだ捜査本部員しか知らんことなんですけど、余沢の逃走、誰ぞの手引きやないかという疑いが生じたんです」

「手引き？」

「余沢のアコードは天理市福住町のファミリーレストランで発見されました。で、その福住町から巨摩山まで、余沢はどうやって行ったんか。まさか、歩いて行くわけにもいかんし、タクシーを利用するしかないんやけど、何ぼ調べてもその裏付けがとれん。ということはつまり、余沢は福住町で誰かに会い、その誰かの車に同乗して巨摩山へ行ったと、そう考えられるわけです」

「はあ……」

史子に表情の変化はない。立って、後ろの食器棚からカップを取り出す。

「ほいで、とどのつまり、その巨摩山で余沢は餓えて凍死してしもたんですけど、遺体を調べたところ、手帳が見あたらへんのです」

「手帳、ですか」

カップをテーブルの上に並べる史子の手が止まった。

「奥さんの話によると、余沢はどこへ行くにも手帳を手放したことがないそうです。背表紙のとこに細い鉛筆のついた小型の手帳で、余沢、米粒みたいな字でびっしりメモを書く習慣があったんです」

「その、手帳が見つからへんのはですな」

私が話を継いだ。「余沢の逃走を助けた人物によって持ち去られたか、あるいはまだ我々の捜しようが足らんかということで、近々、巨摩山の大捜索を予定してます。地元の人の協力を仰いで、二、三百人がいっせいに山に入るんですわ」

「ぼくら、余沢の手帳をものすごう重視してます。そこには必ず事件を解く鍵《かぎ》があります」

「それで、私に日程表を作れとおっしゃるのは」

「余沢の逃走を手引きした人物ですわ。その人物は余沢と面識があるに違いないから、この際、ここ一ヵ月間の全関係者の行動を一から洗い直そやないかという具合になって……。すんません、こんなこと頼めるの秦野さんだけなんです。そやし、こうして研究室には行かんと、お宅へお邪魔したわけでして……。いや、ぼくら、決して文科大の先生方を疑《うたご》うてるわけやないんです。これも仕事、給料のうちいうことで、実際、つらいとこですわ」

「分りました」

史子は坐《すわ》った。額にかかった髪を払うように頭《かぶり》を振って、「つまり、私にスパイになれとおっしゃるんですね」

「ま、ぶっちゃけた話、そういうことですわ」

マメちゃんはポンと額を叩き、「そやから秦野さん、今ぼくらがいうたこと、絶対に口外せんとって下さい」

今村と史子が焼肉レストランから出て来たのは午後八時十分、史子が店内に入って三十分後だった。

「腹ごしらえも済んだし、さて、ぼちぼち行動開始ですかいな」リアシートの沢居がいった。

「おれ、初めて秦野を見たけど、けっこうええ女ですね」と、山上。

「暗いのによう見えるんやな」

「おれ、ああいうほっそりしたんがタイプです」

「豚に真珠やな」

今村と史子はラングレーに乗った。

「それにしても、島さんら、遅いな。間に合いませんで」

マメちゃんがいった。沢居はフンと鼻を鳴らして、

「ロートル組は何をさせてもとろい。どこぞで道に迷うとるんやろ」

「しかし、車一台だけで尾行するのは、ちとやばいでっせ」

「おまえの運転さえしっかりしとったらそれでええ。全責任はマメにあるんや」

「山上、運転替わってくれ」

「おれ、免許取りたてやけど、それでもよろしいか」

「やめとこ。まだ命は惜しい」

ラングレーはパーキングを出て、東に向かった。マメちゃんはウインドから手を出して強引にＵターンした。後続のトラックから男が顔をのぞかせて、何やら喚《わめ》いていた。

史子は藤井寺インターから西名阪自動車道に入った。予期したとおりの動きだ。マメちゃんは、今度はあまり車間距離をつめず、五十メートルほど離れてラングレーを追走する。私は十分ごとに帳場に電話をして、現在位置を知らせた。今村と史子は張

った網の中に入りつつある。

——ラングレーは香芝インターを出た。国道一六八号から一六五号、大和《やまと》高田《たかだ》市を抜けて、次は二四号を南へ走る。

沢居は、やれ車間距離が小さいだの、離れすぎだのとマメちゃんに口うるさく指示し、マメちゃんは、ほな沢居さん運転して下さいな、とやりかえしながら、それでも巧みなハンドルさばきで尾行を続ける。

——御所市。室を過ぎ、下茶屋を左折して、ラングレーは巨摩山に入った。一車線の登り坂、マメちゃんはライトを消し、車を左に寄せた。前方に小さく見え隠れする赤いリアランプ、ラングレーはどんどん遠ざかって行く。

「何するんや。まかれてしまうやないか」沢居がいう。

「大丈夫。ここまで来て尾行に気づかれたら、元も子もおませんがな」

「けど、マメ……」

「あいつら、もうどこにも行きません。この巨摩山に用があるんです」

ラングレーのリアランプが峠の向こうに消えた。

私は宮元に報告。

「今村と秦野、巨摩山に入りました」

「よっしゃ。トリさんに連絡する」

「準備は」

「万端整うてる。あとは二人を追い込むだけや」

一分後、マメちゃんはヘッドライトを点《つ》け、ゆっくり走りだした。

――木材集積場。

「あったぞ」

奥の作業小屋横にラングレーが見えた。

マメちゃんはそのまま走り過ぎ、少し行った橋の手前でマークIIを停《と》めた。私は無線機を肩にかけ、車外に出て集積場に走る。

月明かり、積み上げた丸太の陰からようすをうかがう。ラングレーの車内に人影はない。

「あいつら、林道に入りよったんやで」沢居の吐く息が白い。

「よし、行こ」

小走りで集積場の奥へ行き、沢居、私、マメちゃん、山上の順で林道を登り始めた。もう誰も喋《しゃべ》らない。

――林道を登りきった。道はゆるく左にカーブしている。

私は傍らの栗の大木を指さして、

「マメちゃん、偵察や」

「ぼく、高いとこあきませんねん」

「情ないやっちゃ」

沢居がいい、振り返って、「山上、おまえや」

「ほいきた。おれ、木登りは得意です」

いうなり、山上は太い枝にとりついて、するすると登って行く。大きな体に似合わず、動きは敏捷《びんしょう》だ。

山上はかなり高いところまで登った。しばらくして、上から低く押し殺した声。

「見えました。明かりがチラチラしてるし、たぶん懐中電灯ですわ」

「どこや」

「この尾根の先です」

「遠いか」

「けっこう遠いです。五百メートルくらいかな」

「よっしゃ。降りて来い」

私は無線機を手にとった。ボタンを押して、

「こちら黒木。聞こえますか」

「おう、聞こえるぞ」服部だ。

「今村と史子、そっちに向かってます」

山上が降りるのを待って、私たちは歩き始めた。ころんだり、枯れ枝をひっかけたりして音をたてぬよう、細心の注意を払う。

林道は尾根の起伏にそってなだらかに上下している。二つめの山の最頂部に立った時、前方に小さく揺れ動くかすかな明かりが見えた。今村と史子は余沢の死体発見現場を過ぎ、巨摩山古墳群に向かっている。

「狙いどおりやな、え」マメちゃんに話しかけた。

マメちゃんはにんまりして、

「これは、ま、いわば当然ですがな。あいつら、他に行くとこありません」

十一月二十五日、夜、ガスクロ検査の結果を報告したあと、こたつの天板の上に両手を揃えて、マメちゃんは宮元にいった。

「余沢清はね、班長、殺されたんですわ」

「何やと」

宮元は熱燗《あつかん》を注ぐ手を止めた。

「余沢の死体の喉頭《こうとう》内にあった水があの廃屋の井戸水でなかったということは、ほな、余沢はどこの水を飲んだんか。ミドリムシが白化するような陽の射さん井戸、あるいは洞窟《どうくつ》。よくよく考えたら、その条件に合致する場所、巨摩山に何ぼでもありますがな」

「ほう、おもろい。どこや」

「巨摩山古墳群。つまり、古墳です」

「古墳？」

「そう。未発掘の古墳の石室内、雨水や地下水が滲《にじ》み出てたまってることが多いし、そこは当然まっ暗やから、条件は井戸や洞窟と同じです。余沢の死体は何ゆえ巨摩山で発見されたんか、どうして金があるのにものを食わんかったんか。これらの疑問に対する答えはただひとつ。余沢は古墳に閉じ込められとったんです」

「ふむ……」

宮元は注いだ酒に口をつけて、「ほいでおまえ、誰が余沢を……」

「今村です。あいつ、余沢を福住町のファミリーレストランに呼び出して、巨摩山に連れて行きよったんです」

「ちょっと待て。今村、車持ってへんのと違うか」

「そのとおりです」

マメちゃんは深くうなずいた。少し間をおいて、

「けど、秦野史子は持ってます」

――五つめの山。頂上で我々は止まった。巨摩山古墳群のほぼ中央、今村たちは林道を外れて右の谷あいの方に進んでいる。

私は無線機のスイッチを入れた。

「はい、服部」

「こちら黒木、今村と秦野、そっちに向かってます」

「今、見えた。だんだん近づいて来とる」

「了解。わしらもすぐ行きます」

林道を降りた。二百メートル進んで、右に小《こ》径《みち》。脇の杉の木に小さな板が打ち付けられ、〈巨摩山一号墳―三一号墳〉という表示。今村と史子はここから八号墳に向かったのだ。

私は無線機を背中にまわし、沢居、マメちゃんの後ろについて小径に分け入った。

――林を抜けて、笹原に出た。遠く前方に小高い丸い丘、円墳だ。

「おった。あそこや」

沢居が指をさす。丘の右裾《すそ》、竹林の中に明かり。小さく上下に揺れながら右に移動している。

私たちは七号墳を迂《う》回《かい》して、ススキの枯れ野に入った。腰をかがめ少しずつ前進する。ここから八号墳までは約二十メートル、今村と史子は懐中電灯を消したが、代わりにザクッ、ザクッとシャベルを使う音が聞こえる。

四人が同じところにいるのは能がない。私とマメちゃんは沢居たちのそばを離れた。少し向こうに高い松の木、根方は土が盛り上って塚のようになっている。私は腹這《はらば》いになり、肘《ひじ》で躙《にじ》り進む。——ゴツンと鈍い音。後ろのマメちゃんの頭を泥靴で蹴《け》ってしまった。

塚に二人並んで背中をもたせかけた。

「痛いな。眼から火が出ましたで」

ハンカチで頭を拭《ふ》きながらマメちゃんがいう。

「その火でたばこを吸わんかい」

「ああ、おもしろ。久しぶりですわ、そういう古典的ジョーク」

「ついでに、尻《しり》から小判でも出さんかい」

クフッ、と笑いかけて、マメちゃんは口を押さえた。

——シャベルの音がやんだ。今村と史子の何か言いあう声が聞こえる。私は塚から顔をのぞかせた。

八号墳の墳丘頂部、史子の持つ懐中電灯の光の中に上半身だけの今村がいて、それが少しずつ土の中に消えて行く。

「いよいよですな」

「気が逸《はや》るか」

「胸が高鳴りますわ」

無理もない。余沢の監禁場所を推しはかり、今村犯人説を唱えて、捜査陣をここまで引っ張って来たのは他ならぬマメちゃんである。

――十一月二十六日、私とマメちゃん、服部、島谷の四人は宮元の命を受けて巨摩山へ行った。古墳群三十一基のうち、未発掘が二十二基、手分けしてその捜索にあたる。

午前中、私とマメちゃんは一号から五号墳を調べた。異状なし。マメちゃん持参のおにぎりを食べて、一時間休憩した。

午後、三つめの八号墳。墳丘頂部に盗掘跡があった。掘られたのはつい最近らしく、直径一メートルにわたって茶色の軟らかい土が露出し、あたり一面が枯れ枝や草で蔽《おお》われていた。

「間違いない。ここや」

「これで決まり。さ、早《はよ》う帰りましょ」

「あほいえ。掘って石室を覗《のぞ》かんことには、確かな証拠が摑《つか》めんやないか」

「そんなことしたら、盗掘になってしまいまっせ」

「ほな、どうせいというんや」

「今村に掘らすんです、今村に。それこそ、動かぬ証拠というやつですがな」

明かりが消えた。今村は石室内に降りた。
一、二、三、間合いを計って、私とマメちゃんは塚から躍り出た。立木の間を縫って八号墳を駆け上る。沢居と山上も枯れ野から飛び出した。
史子は立ちすくんでいた。走り寄る私たちを認めてすべてを悟ったのか、驚いた声を出すでもなく、逃げる素振りもない。足許《あしもと》の摺《す》り鉢状の穴を見下ろすように少し上体を折り、顔だけはじっとこちらを向いている。

沢居と山上が私の横に並んだ。

「もう、あきませんな」

声をかけると、史子は小さくうなずいた。心なしか、ほほえんだように見える。

「捜しもんは何です」マメちゃんが訊《き》いた。

「…………」

「余沢の手帳やったら、そんなもんどこにもありませんで。あれはぼくらの創作です」

史子の向こうに服部と寺山が現れた。黙って我々のやりとりを聞いている。

史子の肩がふっと揺れた。

「やはり、ね……」

よく通る澄んだ声だった。「私、どこか釈然としない気持ちがありました。余沢さん、いつも手帳を持っていたかな、と。……でも、この山の再捜索をすると聞いて、いてもたってもいられなかった」

「余沢はあの廃屋におったんやない、山中を徘徊《はいかい》しとったんでもない、手帳を失くしたんは監禁場所に違いない、とあんたらはそう考えた。八号墳の石室内を捜してみようというたんは」

「……あの人です」

「それが命取りになってしまいましたな」

「でも、遅かれ早かれ、こうなるとは思っていました。今は、どういったらいいか、ほっとしたような心持ちです」

「あとは洗いざらい打ち明けることです」

マメちゃんは史子に歩み寄り、腕をとった。

私は擂り鉢に近づいた。まわりに、土、十数枚の平らな割れ石、折りたたみ式の携帯シャベル。一本のロープが擂り鉢から近くの松の木に伸びて幹に括《くく》りつけられている。石室内にいるはずの今村は我々の話し声に気づいたのだろう、懐中電灯を消し、じっと身を潜めている。何の物音もしない。

服部がそばに来て、携帯ライトをつけた。

摺り鉢は意外に浅い。深さは約四十センチで、底に白っぽい石。端の一部が割れて人ひとりが通れるくらいの黒い穴がぽっかり開いている。今村は石室の割れた天井石を外して中に侵入したようだ。

「今村。おい、今村」

服部は穴に向かって声をかけた。返事がない。

「くそったれ、往生際のわるいやっちゃ」舌うちする。

「わし、中に入りますわ」私がいった。

「しかし……」

「大丈夫。いくら何でも刑事に手をかける度胸はおませんやろ」

服部に無線機を渡し、代わりにライトを受け取った。提げ紐《ひも》を肩にかける。

私は両手でロープを握りしめ、ゆらゆら揺れるはしごの横木をつま先で探りながら、一段一段石室内に降りて行った。漆黒の闇。眼を開いても瞑《つぶ》っても、視界はまったく変わらない。

縄ばしごの下には水がたまっていた。踝《くるぶし》まで水に浸った。黴《かび》くさい。ライトを点《つ》けた。天井も壁も床も、光の輪の中に入るものはすべて石、冷たい、色のない空間だった。私が降り立ったのは玄室の最奥部らしく、後ろは切り石を積み重ねた壁、すぐ眼の前には石棺があった。家形石棺、厚い台形の蓋《ふた》から角張った縄掛け突起が出ている。

今村の姿は見当らない。

私は石棺の脇をすり抜けた。小砂利を敷きつめた石室の床は玄室から羨道《せんどう》に向かって徐々に高くなっている。水はもうない。

「今村先生。出て来なはれ」

自分の声がやけに大きく反響する。「どこにも逃げられませんで」

羨道の開口部、玄門にライトをあてた。そこは天井が私の背丈より低く、左右の壁から大きな袖石《そでいし》が張り出している。

中腰になって羨道内に入った。五メートル先、土砂で埋まった突きあたりに今村がいた。さも疲れたというふうに土砂に背中をもたせかけ、足をこちらに投げ出している。

「どないです、捜しもんは見つかりましたか」小さく話しかけた。

「残念ながら、見つかりませんね」

今村は懐中電灯を点け、私の顔にあてた。眩《まぶ》しい。

「黒木さん、ですね。……石室の中は初めてですか」平静な口調だ。

「こういう薄気味のわるいところは、ね」

「どうです、森厳《しんげん》な雰囲気でしょう」

「正直いうて、わしら素人には恐怖感しかおませんな。あの石棺の中、死者が眠ってるんですやろ」

「遺骸《いがい》はほとんど消滅しているでしょう」

「余沢さん、こんな恐ろしいとこに半月近くも閉じ込められとったんですな」

「闇と静寂、死者の霊、それ以外は何もない世界ですよ」

「まさに、黄泉《よみ》の国ですな」

「黒木さんは、古事記《こじき》をお読みになったことは」

「わし、歴史は苦手でね」

「伊邪那岐命《いざなぎのみこと》が、亡くなった伊邪那美命《いざなみのみこと》を黄泉の国に訪れて、現世に帰ってくれと懇願した。伊邪那美は承知して、少し待つようにいい、奥に入った。その時、伊邪那美は自分の姿を見るなといったが、伊邪那岐は禁を破って、髪に挿した櫛《くし》の歯を折り、それに火をともした。と、そこには腐って蛆《うじ》のわいた伊邪那美の屍《しかばね》が横たわっていた……」

「鬼気迫る話ですな。余沢さん、生きながらにして黄泉の国へ送り込まれたというわけや」

「彼、餓死する以前に、精神に破綻《はたん》をきたしていたかもしれませんよ」

他人事《ひとごと》のように今村はいう。私は昂《たかぶ》る感情を抑えて、

「古墳に監禁して餓死させる。考古学者らしいアイデアやけど、この八号墳を選んだ理由は」

「玄室の天井に盗掘孔があることを知っていたからです。それに、八号墳は羨道の半分が崩壊して、そこに大きな松が根を張っている。いくら掘っても外には出られません」

「入ったが最後、生きて日の目を見ることはない。ほな、死体を何でわざわざ雑木林に」

「余沢はね、あくまでも自然死なんですよ」

「自然死？」

「巨摩山古墳群三十一基のうち、九基は既に発掘調査がなされている。いずれ近いうちに八号墳にも調査の手が入る。石室内で白骨死体が発見されれば、警察はこれを自然死とみなすでしょうかね」

「そら明らかに変死……というよりは、他殺ですな。盗掘孔が外部から塞《ふさ》がれとるんやからね。歯列を鑑定したら、身元も判明する」

「だから、ぼくは死体にロープをかけて外にひきずり出した。余沢の死体発見が遅れたり、あるいは永久に発見されなかった場合、事件は未解決のままいつまでもくすぶ

り続けます。関係者に対する調べはより徹底したものになるだろうし、そうなれば、私と余沢の関係や、史子との交際も表沙汰《おもてざた》になる。……余沢の死体は一刻も早く発見されねばならなかったんです」

「それで事件は落着、すべては余沢の犯行ということで幕が引かれる。あんた、本気でそうなると考えてましたんか」

胸がわるい。胃がむかむかする。「警察はな、そんなに甘いもんやおませんで」

――と、そこへ、

「黒さん、何してますねん、大丈夫ですか」と、マメちゃんの声。

私は今村の足許《あしもと》にライトをあてた。

「さ、行きまひょか。続きは明るいとこで聞こ」

「黒木さん……」

今村はゆっくりと立ち上って、「ぼくはね、余沢の手帳を捜すためにだけ、ここへ来たんじゃないんですよ」

「ほな、何しに来たんや」

今村は答えず、頭を低くして羨道から玄室へ出た。私もそれに続く。

石棺の手前で、今村は振り返った。右手の懐中電灯を羨道に向ける。

「これは……」

玄門の袖石、さっきは気づかなかったが、いちばん大きな一メートル四方の切り石に鮮かな赤の馬、左に手綱をとる人物。

「……そうか、これがあの写真やったんか」

「余沢の死体を運び出した時はこの絵を消す余裕がなかった。ここに絵があるうちは、夜もおちおち眠れません」

「絵を描いた目的は」

「余沢を誘う餌でした」

こともなげに今村はいい、「出ましょう。ここは寒い」

と、手で私を促した。

14

巨摩山を下りた。下茶屋《しもちゃや》から二四号に入って、

「刑事さん」

黙りこくっていた今村が口を開いた。「どこへ行くんですか」

「八尾南署。捜査本部や」

ドライバーのマメちゃんが答えた。

「史子といっしょですね」

「ああ、いっしょや」

「調べは同じ部屋で」

「違う。別々や」

「じゃ、史子とはもう会えないのか」

呟《つぶや》いて、今村はウインドの外に眼をやる。パチンコ店、ファミリーレストラン、レンタルビデオショップ、コンビニエンスストア、どこを走っても同じ、ごくありきたりの国道沿いの風景だ。今村を挟んで、マークⅡのリアシートには沢居と私が坐《すわ》っている。

「あんた、秦野とは」沢居が訊《き》いた。

「もう三年になります」

「けっこう長いな」

「それだけに、難しくてね」

「浅川にばれたらしいな」

「どうして、それを」

「さっき、秦野から聞いたんや」

「そうですか。史子がね……」

「あんた、浅川を手にかけたんやな」

「…………」

「どうした、口がきけんようになったんか。秦野はすっかり観念しとるで。共犯者がこっちの手にある以上、無駄なあがきはせんこっちゃ」

「史子、喋《しゃべ》ったんですか」

「要点はな」

「…………」

　今村の肩が小刻みに震え始めた。下を向いて笑っている。

「何がおかしい」沢居がどなりつけた。

　今村は顔を上げて、

「もうお終《しま》いですね」

　ぽつりとそういった。「あれは九月の終りでした。食事を済ませて、ホテルへ帰ろうと三宮《さんのみや》のタクシー乗り場に並んでいた時、ふいに後ろから肩を叩《たた》かれましてね。驚いたことに、植田でした」

「それがどうかしたんかい」

「私の隣に史子がいたんですよ。午後十時……。その日、私は出張で福岡にいるはずでした」

「植田、何で三宮におったんや」

「彼、神戸《こうべ》の出身なんです。高校時代の同窓会があったとかで……」

「天網恢々《てんもうかいかい》疎にして漏らさず。……ほいで、あんたと秦野は」

「仕方がない。そのままタクシーで家に帰りました。家内には出張を取り止めたと、そういいました」

「植田、タクシー乗り場で何かいうてたか」

「ただ、にやにやしていました」

今村はそこで言葉を切り、短いためいきをついて、「今思えば、あれがすべての発端でした」

――今村は肚《はら》をくくった。植田はもちろんのこと、誰に事情を訊かれようと、史子との仲を徹底的に否定するつもりだった。三宮で植田に会ったことも認めないつもりだった。史子にもそうするよう強く言いきかせた。今村の、妻に対する気持ちは冷え切っていたし、子供のない家庭は索漠としていたが、今の安穏な生活を放棄してまで史子といっしょになる意思はまったくなかった。

――と、そんな決意を固めていたが、今村の身辺には何の変化もなかった。植田はいつもどおり今村や史子に接するし、浅川にも、その娘である妻、久美《くみ》にも、変わったようすはなかった。

今村は、植田が口をつぐんでいると考えた。植田の出方を待つほかなかった。

半月後、今村は浅川に呼ばれた。浅川は今村に、久美と離婚せよといい、今年中に研究室を出るよういった。否《いや》も応もない一方的宣告だった——。

「ぼくもばかでしたね。浅川に面罵《めんば》されたその時まで、自分の全生活が彼の掌《てのひら》の上にあることに、まるで気づいていなかった。伝統ある大阪文科大学次期教授のポスト、学界における発言力。伊丹の邸《やしき》も浅川と久美の共同名義でした」

「しかし、たったそれだけの理由で浅川を……」

「学生時代から浅川のそばにいて、彼の性格は知り抜いていました。冷徹、傲岸《ごうがん》、狡《こう》猾《かつ》、狭量、そして執拗《しつよう》。私が社会的に抹殺されるであろうことは瞭然《りょうぜん》たる事実だった。幸い、浅川は世間体を考えてか、植田には私と史子の関係を固く口止めしていたし、だから久美にもまだ話してはいなかった。植田も、私が浅川からそんなひどい宣告を受けたとは知らなかった。だから、浅川さえ死んでしまえば、私の生活は何らおびやかされることがなかった」

「しかし、浅川は娘をどう説得するんや。だんなと別れなさい、はい別れますでは、ことが簡単すぎるやないか」

「家内はわがまま放題に育てられた箱入り娘です。主体性もなければ当事者能力もない。私との結婚にしても、唯々諾々と親の言いなりになっただけで、極論すれば相手は誰でもよかった。適齢期を過ぎてひとりでいるのがみっともないと、ただそれだけの理由でした」

「何とまあ、薄ら寒い話やな、え。しかし、浅川も浅川やで。娘の婿が浮気をしてると知って、途端に離婚せえとはな」

「それはね、刑事さん……」

今村の含み笑い。「嫉妬《しっと》だったんですよ、嫉妬」

「え……」

「浅川のやつ、私の放逐を宣告したあと、せせら笑いながらいいましたよ。おれのおさがりの味はどうだった、とね」

「おさがり？」

「浅川亮介はね、秦野史子と関係していたんです」

「それ、ほんまか」

と、私。今村はうなずいて、

「二十年前、まだ文科大の助手だったころ、浅川は山根教授の娘と結婚した。そして、半年後に助教授に昇進。あおりを食って、先輩助手二人が学外へ出た」

「その話、聞いたことある」

「じゃ、その先輩助手の名前は」

「知らんな」

「一人は田中文彦《たなかふみひこ》、もう一人は秦野耕次郎《こうじろう》。……史子の父親です」

――秦野耕次郎は岡山の私立女子大学に助教授として迎えられた。そして三年後、突然の心不全で死亡。史子はまだ小学校五年生だった。

　八年後、浅川は文科大文学部の入学者名簿の中に、秦野史子の名を見た。当人を呼んで話を聞くと、耕次郎の娘だといい、父と同じく歴史を勉強したいとの希望を持っていた。浅川は史子を考古学研究室に所属させ、彼女の研究に対して論文作成の個人指導など種々の便宜をはかった。卒業後は助手として大学に残れるような手続きをした――。

「浅川がそんなふうに秦野の面倒をみたんは、彼女の父親に対する贖罪《しょくざい》意識みたいなもんがあったからかな」

　マメちゃんがいった。車は御所市から新庄町《しんじょうちょう》に入った。

「そんなもの、あの浅川にあるわけがない」

　今村は吐き捨てた。「あいつは史子をたぶらかすことだけを考えていたんだ」

　眼くそ鼻くそを笑う、それはおまえも同じやないか、思いつつ私は、

「浅川と秦野が実際にそうなったんは」

「史子が四回生の、冬でした」

「それ、浅川が？」

「史子を詰問したんですよ。……泣きながら告白しました。助手のポストを餌に、半ば暴力的に関係を迫られたと。それを聞いた時、私は浅川を殺そうと決意した。そして、今までその事実を隠していた史子にも激しい怒りを感じた。私は史子を共犯者に仕立て上げようと考えました」

——十月二十日、今村は史子の車を借りて巨摩山へ行った。七年前の京都青峰大による古墳群第一次発掘調査の際、八号墳の墳丘頂部に盗掘孔が発見され、石室内の緊急調査後、それが埋め戻されたことを知っていた。

日暮れを待って、今村は墳丘頂部にボーリング棒を入れ、盗掘孔の位置を確かめた。掘ってみると、そこは予想どおり玄室の最奥部で、天井石の一部が割れて十数個のかけらになっていた。

今村は割れ石を取り除き、縄ばしごを下ろして石室内に侵入した。そこは監禁場所として最適だった。玄室は天井までの高さが三メートル以上あり、羨道《せんどう》の半分は土砂に埋まって、太い松の根が露出していた。いくら叫んでも声は外に出ず、羨道を掘ったところで根を断ち切る方法はない。つまり、餓死するよりほかない。

今村は玄門の袖石《そでいし》に紅殻《べんがら》と黒のパステルで絵を描き、ポラロイド写真を三枚撮った。石室を出たあと、盗掘孔には天井石を置き、土をかぶせておいた。

——三日後、大学からの帰途、今村は余沢を北新地の喫茶店に誘い、写真を見せた。

余沢は驚き、その由来を訊《き》いた。

今村は、写真が奈良のある古墳で、考古学マニアの盗掘によって撮影されたものの一部だといい、玄室全面にこの種の絵画が描かれていると説明した。古墳は未調査であり、これが発表されれば一大センセーションをまきおこすだろうともいった。

余沢は自分の眼で石室を見たいといい、撮影をしたいといった。

今村は、近いうちにその古墳に案内すると約束し、これは盗掘だからと固く口止めをして余沢と別れた——。

「あの余沢のような俗物でも、やはり装飾古墳には魅《ひ》かれたようで、写真を貸せといってきかなかった。こちらとしても、あまり頑強に拒絶すれば、かえって怪しまれると思って、三枚のうち、いちばん写りのわるい一枚を彼に預けました」

「それが余沢の書斎から発見されたというわけやな」

「余沢には早く写真を返せと催促したんです。焼却したといってました」

「そうやって、写真を見せた目的は」

「アリバイ工作」

と、すかさず口をはさんだのはマメちゃんだった。ルームミラーを覗《のぞ》き込むようにして、

「今村さん、あんた、十一月一日の学会を浅川殺しのアリバイ工作に利用しようと考えたんや」

「なぜそう思うんです」

「余沢さんが夜にグランドホテルを抜け出したんは、ありもせん装飾古墳を見学するためやった。……どうです、違いますか」

「なるほど、いい読みだ」

今村は得意げに応じる。「私はね、余沢にいったんです。手はずが整ったから、一日の午後九時、明日香村へ行けとね。橘寺《たちばなでら》の門前に松野《まつの》という男が来て、例の装飾古墳へ案内してくれるはずだと。余沢はカメラと、フィルムを二十本も、車に積んでいましたよ」

「それが罠《わな》やとも知らずに、余沢さん、パーティーを抜け出して、胸躍らせながら奈良へ走った」

「二時間待っても松野が現れなかった場合、それは予定の変更だから、その時は橿原《かしはら》市へ行き、神宮西口《じんぐうにしぐち》駅南のイレブンというレストランに入って、午前一時まで電話を待てといいました」

「そうやって時間つぶしをさせるのはけっこうやけど、もし余沢さんからグランドホテルに電話がかかったらどないしますねん。あんた、大垣にはおらへんのでっせ」

「だから私はこうもいっておいたんですよ。パーティーのあと、金津園でもひやかしてみると」

最後はおどけるようにいって、今村はクックックッと低く笑う。私にはその自棄《じき》的な笑いがひどくカンにさわる。この種の知能犯は自分の拠《よ》って立つところが崩れ去ったと知るや、ことさら饒舌《じょうぜつ》になったり、意味もなく笑ってみたりと、奇矯な言動をとることが多い。そうすることで精神的平衡を保とうとするのかもしれない。

「しかし、うまいこと考えたもんやな」

沢居がいった。「余沢、あの日は盗掘現場を覗くつもりやった。そやし、まわりの人間には嘘をついて単独行をとったから、結果的にアリバイはなし。いずれ、浅川殺しの嫌疑が自分にまわって来るとは夢にも思わん」

「待ちぼうけを食うたことについて、あとで余沢は文句をいわんかったんか」私が訊いた。

「いうわけないでしょう。秘密裡《ひみつり》の計画に変更はつきものです。それに、翌日は浅川教授死亡でてんやわんやだった」

「その浅川殺しやけど、詳しいとこいうてくれませんかな」

マメちゃんがいった。「余沢さんがパーティー会場を出たあと、あんたはパーティー終了までホテルにおった。大阪にはどうやって行ったんです」

「車を使ったんですよ」

「レンタカーですな」

「そう、史子が借りました」

「やっぱり……」

「史子にはこういったんです。一日の夜、浅川と三人で話し合うことになった。パーティーを早めに切り上げて大阪へ帰って来るから、車を用意してくれ。何時にどこで会うかは、大垣から電話をする、と」

「秦野、自分のトゥデイを貸すとはいわなんだんですか」

「そういいました。私が断ったんです。浅川との話し合いは誰にも知られてはならない。万が一ということもあるから、トゥデイはアパートに駐《と》めておけ、とね。……史子は三十一日の晩にレンタカーを借り、一日の朝、それを千里中央の駐車場に駐めた。私はキーを受け取って昼すぎに研究室を出ました」

十一月一日、午後七時、今村は大垣グランドホテルから史子のアパートに電話を入れた。——九時、天王寺のカトレアへ行け。トゥデイには乗るな。ラジオをつけ、電灯を消さずにこっそり部屋を出ろ。

史子は今村の指示に不審を覚えたふうもなく、いうとおりにすると答えた。浅川との話し合いを前に、ひどく緊張しているようだった。

八時、パーティーが終った。今村はホテルを出て、近くの路上に駐めてあったレンタカーに乗った。車内で、スーツと革靴を、用意のセーターとコットンパンツ、ジョギングシューズに替え、雨の二五八号を名神高速道路大垣インターへ。

九時、桜井パーキングエリアからカトレアへ電話。史子を呼び出した。

――部屋を出る時、誰かに会ったか。

――いえ、誰にも。

――予定が変わった。浅川は甲田遺跡の現場事務所で話し合おうといっている。

――じゃ、私は。

――今すぐ甲田へ行って、事務所の裏で待て。駅からタクシーは使わないように。

九時二十分、豊中インターチェンジを降りた。今村は両手に革手袋をつけた。

九時四十五分、淀屋《よどや》橋《ばし》交差点の地下鉄入口で浅川に会い、車に乗せた。浅川は肩にショルダーバッグをかけ、飲んでいたらしく、酒のにおいがした。

「ホテルに電話してくれましたか」

「した。……というよりは、そのふりをした」

「何時です」

「約束どおり、九時二十分」

「誰がいっしょでした」

「土木工業所の佐久間だ」

「それで、佐久間は」

「おまえが岐阜にいると思ってる」

「間違いありませんね」

「くどいぞ」

「いや、それを聞いて安心しました」

――ここが最も肝要なところだった。

被害者が加害者のアリバイを証明する、この仕掛けを考えついたからこそ、今村は計画を実行に移す決心をしたのだ。ホテルで電話を受けた場合、それは宿泊費に加算されないから記録には残らず、交換手もつないだ部屋番号をいちいち憶《おぼ》えてはいない。今村は浅川にいった。久美と別れて、伊丹の家を出る。研究室を抜ける。だから、地方でも新設でもいい、どこか大学に籍を移せるように手配してくれないか。

何を今さら甘ったれたことをいうんだ、浅川は冷笑するばかりだった。

そこで今村は、旧知のある古美術収集家に浅川の論文集出版を引き受けさせると、そう持ちかけた。浅川はここ五年、論文集を出していない。発表すべき材料は揃っている。

浅川はこの交換条件に興味を示した。詳しい話を聞こうという。

——先生には鏡の鑑定をお願いしたいんです。内行花文鏡《ないこうかもんきょう》と画文帯神獣鏡《がもんたいしんじゅうきょう》が合わせて五枚。鑑定料の代わりに論文集を出すということでいかがでしょう。

——異存はない。

——それじゃ、十一月一日の夜、その収集家と顔合わせのうえ、鑑定。場所は甲田遺跡の現場事務所がいいでしょう。夜は誰もいないから。

——よし、分った。

——ひとつだけ、お願いがあります。

——いってみろ。

——一日の夜、私は岐阜にいることにしてほしいんです。

——なぜだ。

——実は、この鑑定の件は、先に余沢さんに依頼して、彼の了承を得ていたんです。だから、私が鑑定の場にいたことが、あとで余沢さんに知れるとまずいんです。

——だったら、日を変えればいいじゃないか。わざわざ岐阜から帰って来ることもないだろ。

——その岐阜に私と余沢さんが出張するからこそ、一日の夜という日時を設定したんです。

――おまえ、そんなに余沢がけむたいのか。

――ここはひとつ、私のいうとおりにしていただけませんか。

――ま、いいだろ。それで、おれはどうするんだ。

――簡単です。午後九時二十分、電話のダイアルをまわして、私と話すふりをするだけです。

――何だ、それだけか。

浅川はあっさり承知した――。

レンタカーは高麗橋《こうらいばし》入口から阪神《はんしん》高速道路に入った。松原線を南へ。雨脚が強くなってきた。

「それで、収集家は甲田にいるのか」

「もう三十分も前から我々を待っています」

「こんな夜中に現場事務所で鑑定とは、まともなルートから出た鏡ではなさそうだな」

「ま、そんなところです」

今村はうなずき、浅川の膝《ひざ》の上のバッグに眼をやって、「何が入ってるんです」

「レインシューズ。甲田へ行くんだろ」

傘はともかく、レインシューズを持ち歩く過剰な神経の細さが浅川にはある。イタリア製の革靴に泥が付くことを許容できないのだ。

午後十時二十分、甲田遺跡に到着した。今村は一方通行の狭い農道から発掘現場内に車を乗り入れた。しのつく雨、現場事務所に明かりはない。

「誰もいないじゃないか」

「食事にでも行ったのかな。おっつけ戻って来るでしょう」

車を事務所前へ停《と》めた。ヘッドライトを消す。遠く街灯の光がほのかに周囲を照らしている。

「降りて下さい」

今村は運転席の足許《あしもと》に隠しておいたコーラのビンを手にとった。中にいっぱいの砂、まわりを布製粘着テープでグルグル巻きにしてある。

浅川は助手席のドアを開け、上体だけを外に出して傘を広げた。

今村は車外に出た。車の後部を左にまわり込む。

浅川も外に出た。ドアを閉め、事務所へ向かう。今村は浅川の後ろについた。ビンを握りしめる。

事務所入口、浅川は俯《うつむ》いて傘をたたむ。その後頭部を狙って、今村はビンを振り下ろした。

グシャッと鈍い音。浅川は低く呻《うめ》いて、いったん傘に体重を預け、それからゆっくりと膝を折って濡《ぬ》れた地面に崩れ落ちた。

今村は立ちすくみ、肩で息をした。浅川は両手を体の下に敷き、丸く俯《うつぶ》せになったままぴくりともしない。

――と、そこへ、左の棟の倉庫の陰から小さく呼びかける声。史子だった。

「先生?」

「ああ……」

史子は雨を避けるように額に手をあてて走り寄って来た。はじめ、今村に顔を向け、足許に視線を移して、

「あっ……」

両手で口を覆った。「こ、これは……」

「浅川亮介。たった今、私が殺した」

「………」

史子は事務所の壁にもたれかかった。

「おまえ、おれをどうする」

「………」

「おれは浅川に、久美と別れておまえと結婚するといった。しかし、浅川はそれを許さぬといった。おれを愚弄《ぐろう》し、おまえを嘲笑《ちょうしょう》し、二人を学界から追放すると脅した。

亡くなったおまえの父親を貶《おとし》めるような言葉さえ口にした。……おれは我慢ならなかった。浅川の驕《おご》りを看過することができなかった。どんな手段であれ、一個の人間として受けた恥辱をすすがずにはいられなかった。……こうなった以上、おまえもおれももう後戻りできない」

「…………」

「結婚しよう。浅川さえいなければ、二人はいっしょになれる」

「…………」

「さ、死体を始末するんだ。浅川は事故死、それでカタがつく」

今村は屈《かが》んで浅川の両腋《りょうわき》に手を入れた。体を引き起こして、

「足を持て」

「えっ……」

「持つんだ、早く」

史子は倒れかかるように歩み寄り、両手で浅川の足を抱えた――。

事務所から五十メートル、発掘現場南東隅のスクウェアの縁《ふち》に死体を置いた。暗くてスクウェアの底は見えない。今村は死体を俯せにして半回転させた。浅川の頭と両手が縁からスクウェア内にぶら下った。

「道具を持って来てくれ。コテとバチ、それとシャベル……早くしろ」

手短かに指示し、事務所の鍵《かぎ》を手渡すと、史子は何もいわず、倉庫に向かって歩いて行った。

今村は、浅川がスクウェア内で作業中、山が来たように見せかけるつもりだった。そうすれば頭の傷に疑惑を持たれない。死因は、おそらく頭蓋骨《ずがいこつ》骨折による脳損傷。

死体を見下ろした。——靴。

今村は車に走った。ドアを開け、浅川のバッグのファスナーを引くと、中にレインシューズがあった。黒い合成皮革製の浅いブーツ型、甲の部分にファスナーがついている。

死体のところへ戻り、革靴を脱がせて、代わりにレインシューズを履かせた。足で死体の尻《しり》を押し、スクウェア内に突き落とした。バシャッと水の撥《は》ねる音がして、次にウーンという呻き声。

まだ生きている、今村はスクウェア内に飛び下りた。右足首をひねったが、痛みは感じない。闇、浅川の息づかい。

今村は手であたりを探った。レインシューズ。脚を伝って上へ乗りかかろうとするところへ衝撃。顔を蹴《け》られた。

「だ、誰か」

浅川は細い声で叫んだ。壁を躙《にじ》り伝う。

髪。浅川の髪を摑《つか》んだ。顔を壁面に打ちつける。浅川の手が伸びて指が眼に入った。振り払う。なおも顔を打ちつける。

　ぐったりしたところを捩伏《ねじふ》せて、頭を下に押しつける。ゲフッ、泥を吐いた。手は放さない。渾身《こんしん》の力をこめる。

痙攣《けいれん》。徐々に小刻みになり、やんだ。

手を剝《は》がし、後ろにひっくりかえった。雨が顔を打つ。人殺し——実感がわいた。

両手を上にかざし、狂ったように振り続けた。

　ふと我にかえった。死体をここに放置しておけない。格闘で調査地表面が荒れている。

　今村は考えた。発掘現場、スクウェア壁面の崩壊、窒息死……死体を竹渕遺跡に移せばいい、竹渕のトレンチ内で事故を擬装すればいい、そう思いついた。

　今村は立ち上った。浅川を肩に担ぎ、スクウェア内を壁伝いに事務所の方へ歩いた。

死体はそう重くなかった。右の足首が痛んだ。

　突きあたりは階段状になっており、上ると眼の前に史子が立っていた。

「今の声は」

「何でもない。トランク、車のトランクを開けてくれ」

　史子は小走りで車のところへ行き、運転席のキーを抜いてトランクを開けた。

今村は死体をトランクに入れた。浅川は眼をあけたまま息絶えていた。瞼《まぶた》を閉じさせ、頭を横に向けると、鼻と口から泥が出た。

「ライトは」振りかえって、いった。

「ここ」

史子が懐中電灯を差し出した。受け取って、

「道具類は倉庫に戻しておいてくれ」

言いおいて、またスクウェア内に降りた——。

浅川との格闘場所は、やはり調査地表面がひどく損壊していた。柱穴は崩れ、周壁溝は埋まり、土器は蹴《け》散《ち》らされていた。今村は懐中電灯を近づけ、附近を注意深く調べた。

土層壁面の、浅川の顔を打ちつけたあたりに頭髪が黒くかたまって付着していた。今村は髪を掻《か》き取り、ウインドブレーカーのポケットに入れた。頭髪のほかに遺留品はなかった。

今村はスクウェアを出た。浅川の傘と革靴を拾い、二つを車の中に放り込んだ。倉庫内でポリエチレンのごみ袋を手に入れた。車に戻り、ごみ袋を広げてドライバーズシートを覆った。ウインドブレーカーを脱ぎ、シートに坐《すわ》った。史子を隣に乗せ、車を出した。

「どこへ行くの」

史子の声はかすれていた。

「おれに考えがある」

「自首して」

「ばかな。もう後には退《ひ》けない」

「じゃ……」

「竹渕へ行く。おまえはおれのいうとおりにすればいい」

「でも、私」

「浅川を殺したのは確かにおれだ。しかし、そうせざるを得ない状況にしてしまったのは、おまえと、おれ。いわば、二人は共犯だ」

「そんな……」

「おれは決めた。残る人生をおまえと生きる」

史子の手を握った。震えている。「幸い、おれにはアリバイがある。浅川が証明してくれた」

「どういうこと」

「いずれ分る」

それきり、二人の会話は途切れた――。

午後十一時、竹渕遺跡に着いた。平野川の土手を降りた市民農園の入口脇に車を駐《と》め、死体を担ぎ出した。史子には傘を持たせた。

調査区南東。史子に器材庫からライトと発掘用具を持って来るよう指示してから、E6トレンチの梯子《はしご》を伝い降りた。懐中電灯を点《つ》ける。十メートルほど行って、深く水のたまっているところに死体を下ろした。正座をさせ、土層壁面に頭をもたせかけた。垂直に切り立った壁面の高さは四メートル近くある。

しばらく待って、上から小さく史子の呼びかける声。応じて、移植ゴテ、手バチ、竹ベラ、携帯ライトを受け取り、それらを死体の周囲に並べた。浅川の傘は広げて肩にひっかけた。ライトはスイッチをオンにして膝《ひざ》の間に挟んだ。

トレンチを出た。史子にいって、シャベル二本と、角材を持って来させた。

トレンチ内を覗《のぞ》いて死体の位置を確認した。傘のまわりで光が環《わ》になっている。防水シートを剥ぎ、トレンチの縁から五十センチほど手前にシャベルを入れた。水を吸った砂まじりの土はそう硬くはなく、浅く切り目を入れてシャベルをこねると、土は大きな塊となって下へ落ちた。それを何度も繰り返した。史子ははじめ、今村の後ろに立っているだけだったが、十分後には自らシャベルを持って手伝い始めた。

——午前一時、作業を中断した。下を見ると、死体は横倒しになり、上半身はすべて土に埋まっていた。今村は腹這《はらば》いになり、崩した壁面のシャベル痕《こん》の残っていそうなところを角材で均《なら》した。

雨が土層壁面を削る。雨はまさに天の恵みだった。視界を遮り、音を消し、隠蔽《いんぺい》工作を助けてくれる。今村は我が身の強運を実感した。

――作業を終え、車に戻った。防水シートは剥いだままにしておいた。山が来ることを期待した。

今村は泥だらけの服をスーツに着替えた。靴も履き替えた。シャベルと角材を車に積み、史子を助手席に乗せて、出発。中央環状線を北へ。

しばらく走って、

「騙《だま》したのね、私を」

ぽつりと、史子がいった。「あなたは浅川先生と話し合う気なんてなかった」

「…………」

「私にレンタカーを用意させたのも、岐阜から戻って来たのも、そのため。あなたは浅川先生を殺すつもりだった」

「だったら、おまえはどうする」

「どうもしない。できやしない」

涙声になった。

「史子……」

今村は史子の膝頭に手を置いた。史子は体を捩《ねじ》って、その手を外した。

——近畿自動車道から名神高速道路、インターチェンジを出て大垣市内に入った。シャベルと角材、コーラのビンは、途中、水門川《すいもんがわ》に捨てた。

大垣グランドホテルの近くに車を停《と》めた。

「いいか、事故を起こすんじゃないぞ」

「私、怖い」

「しっかりしろ。さ、行け」

今村は車を降りた。

ホテルに入った。ロビーに人はいない。フロントを避け、ティールームの方を迂回《うかい》してエレベーター前に立った。誰にも見られなかった。

部屋に戻った。午前三時二十分、電話のメッセージランプは点いていなかった。冷蔵庫から氷を出してグラスに入れた。ウイスキーを注ぐ。一気に飲みほして二杯目を注いだ時、電話。一瞬、背筋が硬直した。

電話をとった。

「今村君？」

余沢だった。「さっきも電話したんだよ」

「いつです」

「三十分ほど前かな」

「じゃ、風呂《ふろ》に入っていたんです。頭を洗っていたから。……今、どこですか」

「ホテル。……帰ってすぐ君の部屋に電話した」

余沢の口調に今村を疑うふうはない。

「で、どうでした、壁画は」

「松野、来なかった。明日香にも橿原《かしはら》にも」

「おかしいな」

「ぼくは一時まで待ちぼうけ。たまらないね」

「それはどうも。事情を訊《き》いてみます」

「頼む。フィルムをたくさん買ったんだ」

「今日のところは酒でも飲んでお寝《やす》み下さい」

電話を切った。

今村はバスタブに湯を張り、浸った。右足首が腫《は》れている。朝まで飲もうと思った。

15

マークIIは香《か》芝《しば》から西名阪自動車道に入った。

「ほいで、レンタカーはいつ返却した」と、沢居。

「四日の夜です」

「秦野が返しに行ったんやな」

「そう、車室やトランク内をきれいに掃除させました」

「浅川の靴とショルダーバッグは」

「五日に史子から受け取りました。私の着ていたウインドブレーカーやジョギングシューズといっしょに」

「それ、どう処分した」

「焼いたんです。伊丹の自宅で。燃え残ったバッグの留め金具類は捨てずに保管しておきました」

「あんた、ほんまに悪知恵が働くな」

私がいった。「そんなふうに既成事実を積み重ねて秦野を犯罪に引きずり込むあたり、並の芸当やないで」

「惚《ほ》れた弱味というやつでしょう」

平然と今村はいう。私は一瞬カッとなるのを抑えて、

「それにあんた、やっぱり強運の持ち主や」

「強運？」

「まず、十一月一日の雨。防水シートをめくっておいたために、ほんまの山が来た。あのおかげで初動捜査に遅れが生じてしもた」

「確かに、山が来たのは幸運だったかもしれない。しかし、私は、浅川の死が事故と断定されることに大した期待は抱いていなかった。あんなひどい雨の夜に大学教授がひとりで発掘現場に行き、土砂崩れにあう。誰が考えてもこれは不自然だ。私は日本の警察をそこまで甘くは見ていませんよ」

「すると、あの擬装は何のためやったんや」

「時間稼ぎ……。余沢を始末するまでのね」

「余沢だけやない。植田もや」

「えっ……」

「櫓《やぐら》の仕掛け、配電盤、トランス、ネタは上っとるんや。十月二十六日、あんたは日本橋のイズミ電器商会でトランスを買《こ》うた」

　これはつい一昨日《おととい》、所轄の捜査員がつきとめた。

「なるほど、そういうことだったんですか」

　今村に動揺はない。

「浅川はともかく、植田の事故については、あんた自信を持ってたやろ」

「ええ、まあ……」

「教えたろ。あの櫓のからくりを解いたんは、元はといえば、余沢なんや」

「そんなばかな……」

「余沢家の書斎に法医学の本があった。余沢、感電死を疑《うたご》うてたみたいやで」

「そういえば、彼は私にこういってました。動力線のどこかがショートして櫓に帯電したんじゃないかと。現場はいたるところに動力線が走っていますからね」

「ということは」

「余沢は、植田の死は自殺ではなく、事故を疑っていたんでしょう」

「で、その法医学の本に例の壁画写真が挟んであった。偶然の一致とはいえ、皮肉なもんやな」

「虎は死して皮を残す。余沢もただでは死なかったということですか」

　今村はまた低く笑った。

「植田殺しの動機、何や」沢居が訊いた。

「植田は私と史子の関係を浅川に告げ口した。そうすることで私を排斥し、次期教授の椅子を確保しようとした。私はそういう小《こ》賢《ざか》しさを決して容認しない。打たれたら打ち返す、それが私のやり方です」

「そいつはちょいとニュアンスが違いますやろ」

　口をはさんだのはマメちゃん。「今村さん、あんたは自分が教授になりたいがために植田さんを殺したんですがな。それはつまり、浅川教授が死んだら、次期教授は植田さんであると知ってたからです」

　核心をつかれたのだろう、今村は返事をしない。

「事件発生から今日でちょうど一ヵ月、ぼくら、いろいろと勉強しましたがな。考古学界の内幕、勢力図、研究室人事から天皇陵問題まで。けっこう事情通になったと自負してますねんで」

「だったら、私が話すこともないでしょう」

「それは困りますな。今村さんにはしっかり喋《しゃべ》ってもらわないかん」

　マメちゃんは指示ランプを点滅させ、走行車線に入って、「植田殺し、あんたの単独犯行ですやろ」

「なぜそう思うんです」

「浅川はともかく、植田まで殺すとなると、とてもやないが、そこまで秦野を引きずり込むことできん。下手したら、秦野、警察に駆け込むおそれがある」

「ま、大筋において、当らずとも遠からずですな」

「教えてもらいましょか、詳しい経過を」

「詳しい経過、ね」

　今村は復唱し、「あれは十一月五日の夜でした。ぼくは現場事務所の鍵《かぎ》とトランスを持って甲田遺跡へ行き」

——倉庫から動力線を運び出した。それを配電盤の予備端子につなぎ、途中でトランスに中継させた。トランスは土中でショートしないよう接続部をビニールテープで被覆して、配電盤小屋の脇に埋めた。

トランスから出た動力線を防水シートの下に這《は》わしながら、櫓へ。櫓の足許《あしもと》には排土が積まれており、そこでいったん線を切断した。

切った残りの動力線を肩にかけ、櫓の上に登った。最上部、昇降口の蓋《ふた》の裏に突き出している把手《とって》の取付けボルトに動力線の一端をつないだ。接続部には、あとで外れやすいようテープを巻かなかった。

昇降口の後方、建枠のスチールパイプの穴に動力線のもう一方の端を差し入れた。充分に送り込み、今村は下に降りて、櫓最下部のキャスター横から動力線を引き出した。そして引き出した動力線を、さっきの切った動力線につないで、排土の中に埋めた。

もう一度櫓の上に登り、蓋と建枠の間に露出している動力線をH鋼の溝に隠した。

——準備は整った。

十一月六日、十二時、今村はスポーツバッグを提げて文科大を出た。天理市の東田で発掘中の建築遺構を見学するのが口実だった。

タクシーに乗り、富田林市の近鉄川西駅に着いた。駅前のパチンコ店に入り、トイレで服を着替えた。グレーの作業服上下、ズック靴、作業帽、軍手、太い黒縁の眼鏡をかけた。スポーツバッグは駅のコインロッカーに預けた。

午後一時三十分、甲田遺跡。今村は西通用口から現場に入り、まっすぐ歩いて、倉庫の中に入った。調査員は各々作業に余念がなく、今村に注意を払いはしない。事務所近くに見学の婦人団体がいた。今村は時おり倉庫から顔をのぞかせて外のようすを探った。

二時十分、植田が櫓の上に登った。三脚を据え、撮影開始。

今村は倉庫を出た。配電盤小屋に入り、予備端子のスイッチをひねった。メーターの針が右に振れるのを確認して、倉庫に戻った。スチール棚の陰に腰を下ろし、時を待った。

二時五十分、外で騒ぎ。櫓に向かって調査員たちが走って行く。今村は配電盤小屋に入って、スイッチを切った。

救急車、植田が担架に乗せられた。それを囲んで状況を見守る調査員。今村は小屋を出た。ゆっくり歩いて、現場をあとにした——。

「ほいで、その日の夜、コードやトランスの始末をしたというわけやな」と、沢居。

「そう、けっこう時間がかかりましたよ」

「現場検証でコードやトランスが発見されたら、どないするつもりやったんや」

「どうもしません。余沢や甲田遺跡の調査員に嫌疑がかかるだけだろうし、いずれにせよ、余沢は失跡するんです」

今村は答え、少し間をおいて、「しかし、なぜトランスを使ったことを」

「ラベルや、ラベル。トランスのラベルが土の湿り気で剝《は》がれ落ちたんや」

「まさに天網恢々《てんもうかいかい》。練りに練った計画にも、思わぬ瑕《きず》が生じるものなんですね」

「おまえ、ようそんな他人事《ひとごと》みたいにいえるな」

「今となってはそう評するほかないでしょう」

「コードとトランス、どう処分した」

「九郎五郎《くろごろう》池です」

甲田遺跡から北へ一キロほど行ったゴルフ場のそばにある広い溜池《ためいけ》だ。

「へどろの底に沈んでいますよ」

平然と今村はいう。

――藤井寺料金所、マークⅡは西名阪自動車道を出て外環状線に入った。遮音壁がなくなり、周囲の景色に変化が生じる。トンネルを抜けたような気分だ。振り返ると、史子と服部たちの乗るサニーがすぐ後ろについていた。島谷と平尾は巨摩山に現れず、宮元によると、藤井寺から帳場に引き返したという。失点、一である。

「つまるところ、あの時点で植田の死に疑念を抱いてたんは、余沢ひとり」

マメちゃんがいった。「その余沢をどうやって巨摩山に誘うたんです」

「例によって装飾古墳です」

「余沢はすんなりその誘いに乗りましたか」

「さすがに渋りましたね。どこか胡散《うさん》くさいと感じていたのかもしれない」

「それで」

「今度は松野じゃなく、私が直接案内する。カメラとフラッシュ、フィルムは私が用意するといいました」


――十一月七日、夜、今村は近鉄御所駅前で余沢と落ち合い、アコードに同乗して巨摩山に向かった。所持したスポーツバッグの中には、カメラ、フラッシュのほかに、縄ばしご、携帯シャベル、甲田遺跡の土、浅川の頭髪、そして浅川のショルダーバッグを焼いて、燃え残ったバックル、ハトメ、リングなどを収めていた。頭髪はスクウェア内での格闘のあと、土層壁面から掻《か》き取ったものだった。

巨摩山古墳群。余沢を先導して八号墳に来た。墳丘頂部を掘り、天井の割れ石を外す。縄ばしごのロープをそばの木に括《くく》りつけ、梯子《はしご》を盗掘孔に垂らして、

「あ、しまった。フィルムを車の中に忘れました」

「それは困るよ」

「キーを貸して下さい。取って来ます」

余沢はポケットからキーを抜き出し、放って寄越《よこ》した。今村は受け取って、

「先に降りていて下さい」

ライトで盗掘孔を照らすと、余沢は黙ってロープを掴《つか》んだ。

余沢の頭が石室内に消えた。今村はポケットからナイフを取り出し、張りつめたロープを切った。――悲鳴。

盗掘孔に顔をのぞかせた。

「ど、どうしたんだ」下から余沢の声。

「ロープがほどけてしまったんです」

「足が、足が折れたらしい。早く外に出してくれ」

鈍い、まだ気づいていない。

今村は天井石を置いた。

「何をする」

「何もしませんよ」

「おれを殺す気か」

石を並べ、土をかぶせた。

助けてくれ、余沢の喚《わめ》きが地の底に響いた――。

木材集積場に戻った。アコードのトランクを開け、中に甲田遺跡の土を撒《ま》き散らした。土に浅川の頭髪を交ぜた。

車に乗り、手が触れたと思われるところをぼろ布で拭《ふ》いた。エンジンをかけ、巨摩山を降りて二四号を北上。

天理市福住町、ファミリーレストランの駐車場にアコードを駐《と》めた。福住町の近くには春日《かすが》台《だい》カントリークラブがあって、今村は何度かこのレストランを利用していた。

車外に出てドアをロック。バッグを提げて南へ一キロ歩き、農協の前でタクシーを拾った。天理市内へ。

市内でタクシーを降り、別のタクシーを拾って、王寺。上牧町桜ヶ丘の住宅街に着いた。

余沢家の明かりは消えていた。今村はガレージ脇から邸内に忍び込み、裏庭のごみ焼却器の灰の中に、浅川のショルダーバッグのバックル、ハトメ、リングを埋めた。

――上牧町から大阪藤井寺、藤井寺から梅田、梅田から伊丹、とタクシーを乗り継いで自宅に帰り着いたのは、八日午前二時だった。久美は五日の告別式以来実家にいて、電話一本寄越さない。

「今村さん、あんた最初《はな》から余沢に浅川殺しの罪をかぶせる肚《はら》やったんですな」

マメちゃんがいった。

「浅川の死が事故と判定される可能性は少ない。となれば、どこかに犯人を設定しなければいけないでしょう」

「浅川はともかく、余沢はあんたにとってそう大した利害のある人物やおませんがな」

「だから、利用するにはうってつけなんです。それに、余沢は考古学研究所の副所長だ。浅川の天下りを目前にして、彼を殺すに足る充分な動機がある」

「ぼくら、あんたの書いたシナリオどおりに走ってしまいましたがな。途中までは、ね」

「じゃ、軌道修正のきっかけは何だったんです」

「プランクトンですわ」

「プランクトン？」

「余沢、石室の溜《たま》り水を飲んでましたんや――」

マメちゃんは捜査経過を手短かに説明し、「そんなわけで、余沢の死体を石室の外に引き出して雑木林に棄《す》てたんが、結局はあんたの命取りになったということですわ」

「過ぎたるはなお及ばざるがごとし、ですか」

「何もかも計画どおりに行ってみなはれ、世の中完全犯罪だらけでっせ」

マメちゃんはいい、「秦野には、余沢を古墳に閉じ込めたこと、いつ打ち明けたんです」

「十一月十三日。その日、私は史子のアパートへ行きました。……いえ、呼ばれたんです、史子に」

「ね、ほんとうのことをいって」

切り出した史子の表情が硬い。「今日、黒木という刑事さんが研究室に来ました。いっしょにお昼を食べたんだけど、世間話の合い間に、私やあなたのことを訊《き》くんです。今村助教授と植田さんの仲はどうだったとか。警察は、余沢先生が浅川先生を殺して、それで失跡したと考えているみたい」

「それはいい、好都合だ」

「でも、都合が良すぎる」

「何がいいたいんだ」

「余沢先生には十一月一日のアリバイがない。あの日、あなたと余沢先生は大垣グランドホテルに宿泊しているはずだった」

「………」

「余沢先生が失跡した十一月七日、あなたは夕方から研究室にいなかった」

「いい加減にしないか」

「私、やっと分かった。余沢先生の失跡はあなたが画策したんです」

「…………」

「正直にいって。私、もう驚きません」

今村は肚を決めた。いずれ史子にはばれる。

「余沢は死んだ」

「あなた……」

「おれが殺した」

「そ、そんな」

「余沢はおれを脅迫した。一日の夜、おれが大垣にいなかったことを知っていたんだ。まさか、おれが浅川を手にかけたとは思っていないようだったが、ともかく、そのことをネタにして、余沢はおれに、次期教授選を辞退するよういった。それどころか、自分を推薦せよともいった。口論の末、カッとなって……。殺す気はなかった」

「余沢先生、どこに」

「奈良だ」

「奈良の？」

「今はいえない」

「埋めたのね」

「かもしれない」

「私……」

史子は泣きくずれた。「もう分らない。あなたも、私も、何もかも」

「おれは二人の人間を手にかけてしまった。捕まれば、絞首刑だ」

「やめて、そんな言い方」

「おれを殺したいか」

「殺したい……」

史子は力なく、かぶりを振った。

その日、今村はアパートに泊まった。


「おまえ、学者なんぞやめてヒモになれ。素質あるで」

かみつくように沢居がいう。「秦野も秦野や。余沢がおまえを脅迫したやて、その場逃れの出まかせを信じてずるずると深みにはまりよる」

「史子は私の言葉を信じてはいませんよ。あいつはそんなにばかじゃない。ただ、真実を知るのが怖かっただけです」

「石室から余沢の死体を出したん、いつですねん」マメちゃんが訊いた。

「二十日の夜です。天井石を外してみたら、案の定、余沢は死んでいました」

「石室の中、どんなようすでした」

「余沢、外へ出ようとしたんでしょうね。羨道《せんどう》の突きあたりに縄ばしごの横木が何本も刺さっていました」

「雑木林に死体を棄てたあと、あの廃屋へ行ったんですな」

「余沢は巨摩山中に潜伏していた。だったら、寝起きする場所が要ると、そう考えたんです」

——弓削の交差点を左に折れた。二百メートル先、八尾南署が見える。

「最後にひとつだけ訊きたいことがある」

私がいった。「あんた、秦野をどないするつもりやったんや」

「どういうことです」

「ほんまに結婚する気、あったんか」

「この年になって、一から出直すつもりはありませんよ」

「しかし、それでは……」

「ともかく、しばらくはようすをみる。それだけです」

——署に着いた。裏の駐車場へ。

「ほな、口封じ、ということもあるんやな」

「ま、それも選択肢のひとつではある」

「秦野、利用するだけの存在やったんか」

「女なんて、そんなものでしょ」

「そうか……」

車が停《と》まった。ドアを開け、私は駐車場に降り立った。

今村は腰をずらしてこちらに来る。手錠が痛いのか、顔をしかめている。

今村が車外に出た。一歩踏み込んで、私はやつの胸ぐらを摑《つか》んだ。体が浮き上る。

「黒さん、やめなはれ」と、マメちゃん。

「何もせえへん」

私はいい、今村の顔を間近に覗《のぞ》き込んで、

「おまえ、クズやな」

低くいって、突き放した。

今村は車にもたれかかり、その呆《ほう》けた表情の奥に、私は初めて怯《おび》えを見た。

参考文献

『日本の発掘』 斎藤忠 東京大学出版会

『日本考古学概説』 小林行雄 東京創元社

『古墳の発掘』 森浩一 中公新書

『大系日本の歴史2』 和田萃 小学館

『埋蔵文化財のはなし』 甘粕健 三省堂選書

『卑弥呼と邪馬台国の謎』 樋口清之 大和書房

『考古学調査研究ハンドブックス 野外編』 岩崎卓也・菊池徹夫・茂木雅博 雄山閣

「発掘 考古学界の宿敵・梅原と末永」 請川良太郎 〈芸術新潮〉一九六八年一月号所収

『日本人の骨』 鈴木尚 岩波新書

『法医学入門』 船尾忠孝 朝倉書店

『日本淡水プランクトン図鑑』 水野寿彦 保育社

あとがき

このあとがきを書くために『八号古墳に消えて』の単行本を探した。家中の書棚にも仕事部屋にもない（わたしはものかきでありながら自分の本の管理が杜撰《ずさん》で、持っていない文庫やアンソロジーがいくつかある。『雨に殺せば』の文春文庫版や『切断』の単行本も、どこを探しても見つからなかった）。実家のおふくろに電話をすると、一冊ある、というので、電車に乗って借りてきた。

で、その『八号古墳に消えて』の単行本だが、一九八八年の九月に刊行されている。なんと十五年も前の作品だった。短いあとがきがあるので、一部を紹介する。

　古代史ブームです。関西には遺跡・遺構の多いせいもあってか、毎日のように発掘・調査のニュースが流れます。最近では高槻《たかつき》阿武《あぶ》山古墳の夾紵棺、奈良藤ノ木古墳の石棺調査など、どれも興味深く思われます。

　今回、この作品を書くにあたって、いくつかの遺跡や発掘調査現場を見学したのですが、中で最も印象深かったのが神戸の五色塚《ごしきづか》古墳でした。これは神戸市垂《たる》水《み》区の明石《あかし》海峡を見おろす海岸べりにある兵庫県下最大、全長百九十四メートルの前方後円墳です。

ふつう我々が「古墳」といわれて頭に思い描くのは木の生い茂る「小山」なのでしょうが、五色塚古墳はそのイメージを根底からくつがえします。前方部、後円部とも築造当時の正確な「鍵穴《かぎあな》形」に整備され、樹木はまったくなく、墳丘部はすべて葺石《ふきいし》で蔽《おお》われています。

その全景はまことに雄大、遠くから見ると葺石が瀬《せ》戸《と》内《うち》の強い陽射しを受けて銀色に輝き、まさに人工建造物という感慨を抱きます。五世紀はじめの、まだ周囲に森や畑しかなかった時代、古墳こそ、その被葬者の権威、勢力の象徴であったと実感し、転じて、全長四百八十六メートルの仁徳陵など、いかに壮大であったかということに思いをはせました。

わたしはよめはんといっしょに五色塚古墳へ行ったことを思い出した。確かにUFOが着陸しそうな異様な建造物だった。ピラミッドといい古墳といい、権力者は墓に執着するのである。わたしは信仰心がないし、権力などかけらもないので、墓もいらないし葬式もいらない。わたしを焼いた骨や灰は海にでも撒《ま》いてくれたらそれでいい。

よめはんにはそういってある。

五色塚古墳からの帰り、須磨《すま》の水族館に寄った。よめはんはハリセンボンがかわいいといって、その水槽の前から動かない。家でこの魚を飼いたいといいだしたのである。わたしは「とりあえず金魚から飼いはったらどうですか」といい、後日、よめはんに金魚とプラスチックの水槽を買い与えた。よめはんは三日ほど餌をやっていたが、あとは放ったらかしで、金魚の飼育はわたしの役目となった。

その金魚が大きくなって卵を産み、稚魚が育った。いまは孫の世代が裏庭の池で元気に泳いでいる。三十数匹はいるだろうか。池にはメダカ、モロコ、ザリガニもいて、みんなわたしが世話をしている。

考えてみれば、金魚を飼うのも十五年目になるのである。


（このあとがきは、創元推理文庫版に収録されたものです）

解説

吉《よし》田《だ》大《だい》助《すけ》

和製ハードボイルド＆アウトロー小説のトップランナーとして知られ、その作風の到達点のひとつと言える『破門』で二〇一四年に第一五一回直木《なおき》賞を受賞した黒川博《くろかわひろ》行《ゆき》は、実直な警察小説（警察捜査小説）の書き手だった。一九八三年に第一回サントリーミステリー大賞佳作を受賞したデビュー作『二度のお別れ』を皮切りに、キャリア初期においては〈大阪府警捜査一課シリーズ〉を精力的に書き継いできた。

　大阪府警捜査一課に所属する刑事たちを主人公に据えた同シリーズは、これまで複数の出版社にまたがって刊行されていた。しかし、二〇一七年より角川文庫版での再刊行が始まったことで全体像が見えやすくなった。本書『八号古墳に消えて』は、〈大阪府警捜査一課シリーズ〉の第四作に当たる。三〇代の先輩・黒木《くろき》と二〇代の後輩・亀田《かめだ》、通称〝黒マメコンビ〟が活躍する三作目の長編だ。このコンビは、長編と短編集を合わせて一一作刊行されているシリーズ中、もっとも登板回数が多い（次点は〝ブンと総長〟こと文田《ぶんだ》と総田《そうだ》のコンビ）。デビュー作でこの二人を生み出したことが、黒川博行を、黒川博行にした。

〈今思えば、キャラクターを一生懸命作ったように思います。それまで読んできたミステリに出てくる刑事がやけに真面目なんですよ。正義感を持って文句も言わずに靴底すり減らして捜査する。大阪人からしたらそんなことありえない（笑）。給料安いなとか、今日も暑いな寒いなとか、あいつ好きや嫌いやということをブツブツ言いながら捜査するのが大阪の刑事やろうと思いましたから、そこは強調したかった。それで、ものぐさな刑事と真面目な刑事を組み合わせて書けば面白いかなと考え、二人によく喋《しゃべ》らせました（笑）。本筋に関係ないことも間に入れながら捜査が進んでいく書き方というのは、この頃から出来てたんやないかな〉（WEB本の雑誌「作家の読書道」より）

「真面目」ゆえに考えすぎてしまい論理が空転することもある後輩を、「ものぐさ」な先輩がツッコミでいなす。関西弁を操る二人の掛け合いは最初からチャーミングだったが、実はデビュー作では「黒木」が「黒田」だった……というのは有名な話だ。きっかけは刑事コンビの造形について、新人賞の選考委員から「華がない」という指摘を受けたこと。二作目を執筆するに際して、所帯持ちだった「黒田」を独身の「黒木」に変えてしまったのだ（第二作『雨に殺せば』の「角川文庫版あとがき」より）。その結果、なるほど「華」が生じ（黒木はシロウト童貞。美人に弱く惚《ほ》れっぽい

etc.）、先輩が独身で後輩が所帯持ち、という逆転状況からくる笑いがコンビ間の掛け合いに加わった。

さきほど「同シリーズは、これまで複数の出版社にまたがって刊行されていた」と記したが、その裏には、出版社ごとに主人公となる刑事コンビを変えていったという事情がある。そのため〝黒マメコンビ〟は、短編を除き、本作が最後の出番となっている。また、本作の次に発表されたシリーズ第五作『切断』は、初めて加害者（シリアルキラーの「彼」）が視点人物の一人に採用されており、作品の空気感がガラッと変わっている。作家自身もこう証言している。〈それまでの警察小説からハードボイルドに移行しはじめた最初の作品が『切断』だった〉（『切断』創元推理文庫版あとがきより）。つまり、第四作にあたる本作『八号古墳に消えて』までと、第五作『切断』以降の作品との間には、大きな「切断」がある。

その「切断」を意識することで、新しい読み方にトライしてみたい。デビュー作にして第一作『二度のお別れ』、第二作『雨に殺せば』、そして第四作に当たる本作『八号古墳に消えて』を、〈大阪府警捜査一課シリーズ〉の一部として読むのではなく、〈〝黒マメコンビ〟シリーズ三部作〉として取り出して読んでみるのだ。その時、何が見えてくるだろう？　答えを先回りして記すならば、三部作において徐々に進展するのは①マメちゃんの「名探偵」としての成長であり、②大阪府警捜査一課の「心理的安全性」の向上である。

振り返ってみれば、誘拐及び身代金要求事件を題材にした『二度のお別れ』では、二〇代とまだ若いマメちゃんは班内でだいぶ下っ端扱いされていた。コンビを組む黒さんだけは、体型的にころころした〈その風貌《ふうぼう》と気易さが聞き込みや取調べの際に強力な武器となって、若手であるにもかかわらずベテラン捜査員に伍《ご》していける理由となっている〉と後輩を評価していたが、上司らはマメちゃんに冷たい。例えば、捜査の初期段階で事件の筋読み（推理）を披露したもののサクッと否定され、「ぼくの意見のどこが屁理屈《へりくつ》です」「屁理屈は、屁理屈、他に言いようがない」と、議論することすら遮断されてしまう。そして、事件はマメちゃんとは関係のないところで、意外すぎる決着を迎えた。

現金輸送車襲撃事件で開幕する『雨に殺せば』においても、班内におけるマメちゃんの立ち位置はさほど変わっていない。上司の基本姿勢は否定であり、それでいて〈具体的にどうすべしという指示も方針もない〉。時おり、下からの提案のいいとこ取りをするだけだ。しかし、今回は「（名探偵）ポアロ」を自称するマメちゃんの推理力がパワーアップしており、真犯人に仕掛けた策略がラストでずばり的中するのだ。

作中では明記されていないが、『雨に殺せば』の事件におけるマメちゃんの功績が、人物評価に作用したのかもしれない。〈〝黒マメコンビ〟シリーズ三部作〉のラストを飾る本作『八号古墳に消えて』は、大阪の遺跡発掘現場で発見された大学教授の死体を巡って巻き起こるミステリだ。物語の序盤はやはり、上司から否定的で高圧的な言辞の数々がマメちゃんに繰り出される。しかし、まずは黒さんが、怪しい人物がいると言うマメちゃんにぶつぶつ言いながら同調し、その尻尾を二人で追いかける。やがて上司も黒さんとマメちゃんのコンビに注目し、二人のイレギュラーな捜査に協力し始める。捜査会議においても、「ぼく思うんですけど」と挙手をしたうえで語るマメちゃんの言葉にきちんと耳を傾け、一目を置いているのがよく分かる。

その先に、本作において最も感動的な文章が現れる。ネタバレを回避すべく、固有名を伏せて引用したい。それは、黒さんとマメちゃんのいつもながらの掛け合いから始まる。

〈「いよいよですな」／「気が逸《はや》るか」／「胸が高鳴りますわ」／無理もない。〇〇の監禁場所を推しはかり、〇〇犯人説を唱えて、捜査陣をここまで引っ張って来たのは他ならぬマメちゃんである〉

前二作では、あり得なかった場面だ。ここで大事なことは、①「名探偵」としてのマメちゃんだけが成長し、マメちゃんだけが変わったわけではない、ということ。②マメちゃんの能力を認め、マメちゃんを信じる、大阪府警捜査一課全体が変わったのだ。②の変化を言い換えるならば、チームの「心理的安全性」が向上した。

組織行動学の新たなプリンシプルとして「心理的安全性」は近年、高い注目を集めている。同コンセプトの生みの親であるハーバード・ビジネススクール教授のエイミー・C・エドモンドソンは、主著『恐れのない組織――「心理的安全性」が学習・イノベーション・成長をもたらす』（英治出版）で、端的にこう記す。

〈対人関係のリスクを取っても安全だと信じられる職場環境であること。それが心理的安全性だと、私は考えている。意義ある考えや疑問や懸念に関して率直に話しても大丈夫だと思える経験と言ってもいい。心理的安全性は、職場の仲間が互いに信頼・尊敬し合い、率直に話ができると（義務からだとしても）思える場合に存在するのである〉（野津智子訳）

大阪府警捜査一課は、下っ端のマメちゃんの推理力が高まり彼の意見を捜査に反映させていく過程で、チームの「心理的安全性」を向上させた。その変化が目に見えるかたちで刻印されたのが、〈〝黒マメコンビ〟シリーズ三部作〉の掉尾《とうび》を飾る、本書なのだ。

本書は二〇〇四年一月、創元推理文庫から刊行されました。
作中に登場する人名・団体等は、すべてフィクションです。
また、事実関係は執筆当時のままとしています。

八《はち》号《ごう》古《こ》墳《ふん》に消《き》えて

黒《くろ》川《かわ》博《ひろ》行《ゆき》

令和3年 10月25日　初版発行

発行者●堀内大示

発行●株式会社KADOKAWA
〒102-8177　東京都千代田区富士見2-13-3
電話　0570-002-301（ナビダイヤル）

角川文庫 22863

印刷所●株式会社暁印刷
製本所●本間製本株式会社

表紙画●和田三造

●お問い合わせ
https://www.kadokawa.co.jp/（「お問い合わせ」へお進みください）
※内容によっては、お答えできない場合があります。
※サポートは日本国内のみとさせていただきます。
※Japanese text only

ISBN 978-4-04-111239-7　C0193

◇◇◇

角川文庫発刊に際して

角川源義

第二次世界大戦の敗北は、軍事力の敗北であった以上に、私たちの若い文化力の敗退であった。私たちの文化が戦争に対して如何に無力であり、単なるあだ花に過ぎなかったかを、私たちは身を以て体験し痛感した。西洋近代文化の摂取にとって、明治以後八十年の歳月は決して短かすぎたとは言えない。にもかかわらず、近代文化の伝統を確立し、自由な批判と柔軟な良識に富む文化層として自らを形成することに私たちは失敗して来た。そしてこれは、各層への文化の普及滲透を任務とする出版人の責任でもあった。

一九四五年以来、私たちは再び振出しに戻り、第一歩から踏み出すことを余儀なくされた。これは大きな不幸ではあるが、反面、これまでの混沌・未熟・歪曲の中にあった我が国の文化に秩序と確たる基礎を齎らすためには絶好の機会でもある。角川書店は、このような祖国の文化的危機にあたり、微力をも顧みず再建の礎石たるべき抱負と決意とをもって出発したが、ここに創立以来の念願を果すべく角川文庫を発刊する。これまで刊行されたあらゆる全集叢書文庫類の長所と短所とを検討し、古今東西の不朽の典籍を、良心的編集のもとに、廉価に、そして書架にふさわしい美本として、多くのひとびとに提供しようとする。しかし私たちは徒らに百科全書的な知識のジレッタントを作ることを目的とせず、あくまで祖国の文化に秩序と再建への道を示し、この文庫を角川書店の栄ある事業として、今後永久に継続発展せしめ、学芸と教養との殿堂として大成せんことを期したい。多くの読書子の愛情ある忠言と支持とによって、この希望と抱負とを完遂せしめられんことを願う。

一九四九年五月三日

角川文庫ベストセラー

角川文庫ベストセラー

喧嘩《すてごろ》　黒川博行

ヤクザ絡みの依頼を請け負った二宮がやむを得ず頼ったのは、組を破門された桑原だった。議員秘書と極道が貪り食う巨大利権に狙いを定めた桑原は大立ち回りを演じるが、後ろ楯を失った代償は大きく——？

海の稜線　黒川博行

大阪府警の刑事コンビ〝ブンと総長〟は、東京からやってきた新人キャリア上司に振り回される。高速道路での乗用車爆破事件とマンションで起きたガス爆発。2つの事件は意外にも過去の海難事故につながる。

アニーの冷たい朝　黒川博行

若い女性が殺された。遺体は奇抜な化粧を施されていた。事件は連続殺人事件に発展する。大阪府警の刑事・谷井は女性の恋心を弄ぶ詐欺師の男にたどり着く。刑事の執念と戦慄の真相に震えるサスペンス。

ドアの向こうに　黒川博行

腐乱した頭部、ミイラ化した脚部という奇妙なバラバラ死体。そして、密室での疑惑の心中。大阪で起きた2つの事件は裏で繋がっていた？　大阪府警の〝ブンと総長〟が犯人を追い詰める！

絵が殺した　黒川博行

竹林で見つかった画家の白骨死体。その死には過去の贋作事件が関係している？　大阪府警の刑事・吉永は日本画業界の闇を探るが、核心に近づき始めた矢先、更なる犠牲者が！　本格かつ軽妙な痛快警察小説。